Annegret Achner

Endstation Stadthafen

Die Handlung und alle handelnden Personen sind frei erfunden. Jegliche Ähnlichkeit mit lebenden oder realen Personen wäre rein zufällig.

Annegret Achner

Endstation Stadthafen

Friesland-Krimi

Bibliografische Information der Deutschen Nationalbibliothek: Die Deutsche Nationalbibliothek verzeichnet diese Publikation in der Deutschen Nationalbibliografie; detaillierte bibliografische Daten sind im Internet über dnb.dnb.de abrufbar.

2. Auflage
Herstellung und Verlag: BoD – Books on Demand, Norderstedt
ISBN 9783758382437

Titelabbildung: 416163757/Adobe Stock

1
Im VW-Bus durch Marokko

Sommer 1988

»Nein, nicht schon wieder!« Corinna schaute verstört zu Petra, die fluchend mit dem Schaltknüppel in der Schaltkulisse herumrührte. Kein Widerstand, der Gang ließ sich nicht einlegen.

Der alte blaue VW-Bulli wurde langsamer, rollte aus. »Der Mechaniker in Erfoud hat doch gesagt, das Getriebe sei jetzt in Ordnung.« Petra zuckte die Achseln, stoppte den Wagen, öffnete die Motorklappe und spähte hinein.

Petra schaute sich um. Die Frauen befanden sich auf einer Passstraße im Mittleren Atlas, wollten weiter nach Tanger, weil sie hofften, dort eine Werkstatt zu finden, die das Getriebe reparieren konnte. Doch Petra war zu angespannt, um den Anblick der grandiosen Gebirgslandschaft wirklich genießen zu können, den Wind auf der Haut zu fühlen. Welch ein Kontrast zur Wüste, durch die sie gefahren waren, ehe der Bulli zum ersten Mal zusammenbrach. Dort nur Steine und Sand und trockene Grasbüschel, soweit das Auge reichte, flirrend in erbarmungsloser Mittagshitze. Hier im Gebirge war es angenehm kühl. Die Straße stieg an, gab den Blick frei auf die schneebedeckten Gipfel der Berge. Rechts und links der Straße waren die Wiesen mit Frühlingsblumen übersät, die Baumheide blühte, der Duft der Wacholderbüsche stieg ihnen in die Nase. Ein wunderschönes Land, eigentlich. Warum waren ihnen nur die Menschen so fremd?

»Es nützt nichts, Corinna. Wir müssen zurück nach Ksar-es-Souk in die Werkstatt.«

Petra kletterte ins Auto, nahm den Gummibalg über der Gangschaltung ab. Ohne Erfolg, die Gänge rasteten nicht ein.

»Nach Ksar-es-Souk? Das glaubst du wohl selbst nicht. Die Stadt ist bestimmt bereits abgesperrt.«

In Ksar-es-Souk, der alten befestigten Berberstadt an den südlichen Hängen des Atlas Gebirges, erwartete man seit Tagen den König, ohne genau zu wissen, an welchem Tag er kommen würde. Das Militär hielt den Termin aus Sicherheitsgründen geheim. Und so hingen seit Tagen die bunten Teppiche über den Stadtmauern, die Bewohner hatten Straßen und Häuser mit Girlanden geschmückt. Riesige Poster mit dem turban geschmückten, grimmig blickenden Konterfei von Hassan II. flatterten über den Zufahrtswegen. In den Festzelten und Ständen wurden exotische Köstlichkeiten feilgeboten. Und natürlich war die Stadt den ganzen Tag über für den Autoverkehr gesperrt. Petra und Corinna waren früh in Erfoud aufgebrochen, um nach Norden durchzukommen, ehe die schwer bewachten Sperren an den Stadttoren errichtet wurden.

»Eine von uns muss hier beim Bulli bleiben«, sagte Petra und wischte sich die verschmierten Hände an einem öligen Lappen ab. »Die andere muss versuchen, ein Auto anzuhalten und in die Stadt zu trampen, um Hilfe zu holen.«

»Können wir nicht beide trampen?« Der Gedanke, sich zu trennen, behagte keiner von beiden nach den Erfahrungen der letzten 14 Tage. Besonders Corinna hatte Angst vor diesen aufdringlichen Männern mit ihren fordernden Blicken und eindeutigen Bemerkungen, die in einem Land voller dunkelhaariger wunderschöner Frauen lebten und doch offensichtlich geil waren auf junge, blonde Mädchen aus dem Norden.

Petra schüttelte entschieden den Kopf. »Bist du verrückt? Den Wagen allein lassen? Dann ist er leergeräumt, wenn wir zurückkommen.«

Okay, da hatte sie wahrscheinlich recht. Aber war das nicht immer noch besser, als das Risiko einzugehen, dass die Freundin am Straßenrand überfallen und vergewaltigt wurde? Mit Schaudern dachte sie an die letzte Nacht in der dunklen

Werkstatt in Erfoud, in die man den kaputten VW-Bus geschoben hatte. Am nächsten Tag sollte er repariert werden, der Mechaniker wollte Ersatzteile vom Schrottplatz besorgen. Sie hatten einen dicken Holzklotz von innen gegen die Türklinke gepresst, weil das Schloss nicht funktionierte. Nachts waren sie durch ein knarrendes Geräusch geweckt worden.

Corinna hatte Petra wach gerüttelt. »Da ist jemand!«

Senkrecht hatten sie im Bett gesessen, voller Panik den schleichenden Schritten gelauscht, einer Panik, die sich noch steigerte, als sie bemerkten, dass der Klotz am Boden lag, das Tor einen Spalt offen stand.

»Im Handschuhfach ist eine Pistole«, hatte Petra geflüstert, die ihr Jurastudium abgebrochen hatte, um eine Ausbildung an der Hochschule für Polizei und öffentliche Verwaltung in Köln zu machen und sich mit Waffen auskannte. Sie war nach vorne gekrochen, hatte das Handschuhfach leise geöffnet. Doch es war der heftige Wüstenwind, der die Tür aufgedrückt hatte, die in regelmäßigen Abständen über den Boden schabte.

Oben vom Pass näherte sich langsam ein helles Auto. Schweigend erwarteten sie den Wagen. Sie winkten, er hielt knirschend an. Ein uralter verbeulter R4. Der Fahrer, ein junger, dunkel gelockter Marokkaner kurbelte die Scheiben hinunter.

»Bonjour, puis-je vous aider?«, fragte er freundlich. Sein Französisch war klar und flüssig, fast ohne Akzent.

Corinna kramte ihr Schulfranzösisch hervor. »Oui, la voiture ne marche plus.«

Na, dass der Bus nicht mehr fuhr, hätte er auch so erraten. Aber auf die Frage, ob er sie oder ihre Freundin mit nach Ksar-es-Souk nehmen könne, um in einer Werkstatt Hilfe zu holen, schüttelte der Marokkaner energisch den Kopf. Das käme nicht in Frage, dass eine Frau allein am Auto bliebe. Schon gar keine jungen und hübschen Frauen wie sie. Er kenne seine Landsleute. Das sei viel zu gefährlich.

»Puis-je voir?« Ob er sich das Problem ansehen könne.

Petra wies auf den leeren Fahrersitz und den Schaltknüppel, mit dem man ohne Widerstand in der Schaltschüssel rühren konnte wie in einem Puddingtopf. Der Marokkaner nickte, sagte, er müsse noch schnell an den Stadtrand fahren, um etwas abzuliefern, käme aber sofort zurück. Die Frauen sollten sich im Bus einschließen.

Er setzte sich in seinen Renault, öffnete das Fenster, zeigte auf sich und sagte:

»Hassan. Je m'appelle Hassan. Je reviens bientôt! Attendez ici!«

Die Frauen winkten, als er mit aufheulendem Motor hinter der nächsten steilen Kurve verschwand.

»Ob der wirklich wiederkommt?«, fragte Corinna skeptisch. »Aber was bleibt uns anderes übrig als abzuwarten? Nett sieht er ja aus!«

»Du nun wieder«, sagte Petra und zündete sich eine Zigarette an.

War Petra überhaupt an Männern interessiert? Es war das erste Mal, dass Corinna dieser Gedanke kam.

Hassan war schneller zurück, als sie glaubten. Schon die erste Polizeikontrolle vor der Stadt hatte ihn zurückgeschickt.

»Ils sont fous!«, sagte Hassan und sein Gesicht versteinerte.

Wer war verrückt, fragte sich Corinna. Die Polizei oder seine Landsleute, die auf ihren König warteten? Was dachte Hassan über das Regime, über die offensichtliche Popularität des Königs, über seine diktatorischen Vollmachten? Aber leider war ihr Schulfranzösisch zu lückenhaft für so komplizierte Fragen. Hassan holte Werkzeug aus dem Wagen, kletterte mit einem Schraubenzieher bewaffnet in den Bully. Er schaffte es, den zweiten Gang einrasten zu lassen, bedeutete Petra, mit schleifender Kupplung anzufahren und seinem

Renault zu folgen. Er würde sie nach Meknes leiten, versprach er, sie zu einem Gebrauchtwagenhändler bringen, bei dem er arbeitete. Vielleicht könnte man dort ein passendes Ersatzteil finden.

Vor einer der kleinen Werkstätten am Rande eines riesigen Schrottplatzes hielten sie an. Hassan sprach kurz mit dem Besitzer, dann schoben sie den VW-Bus auf den Platz zwischen lauter zerbeulte alte Autos und Lastwagen. Sie sollten sich darauf einrichten, ein paar Tage in Tanger zu bleiben, versuchte Hassan ihnen klarzumachen. Erst müsse ein Getriebe gefunden, dann eingebaut werden. Die beiden Frauen sollten auf keinen Fall den Platz verlassen und auch nachts im abgeschlossenen Bus übernachten. Er würde jeden Tag vorbeikommen, um nach ihnen zu sehen und sie mit Lebensmitteln zu versorgen.

»La bonne cuisine marocaine«, sagte Hassan. Die Gerichte würden ihnen gut schmecken, das würde er garantieren.

»Vielen, vielen Dank«, sagte Petra, hob die zusammengelegten Hände an die Brust und verbeugte sich. »Sie sind sehr freundlich!«

»Merci!«, sagte Corinna. »Merci beaucoup! Vous êtes très gentil.«

Nach den nervtötenden Erfahrungen mit marokkanischen Männern waren Petra und Corinna überwältigt von Hassans Hilfsbereitschaft. Es war Hassan, der sich rührend um die Frauen kümmerte. Es war Hassan, der dafür sorgte, dass der VW-Bus ein neues Getriebe bekam und es einbaute. Es war Hassan, der sie in typisch marokkanische Restaurants ausführte und ihnen erzählte, er habe in Marseille gelebt und bei Renault eine Lehre als Automechaniker gemacht. Es war Hassan, in den sich Corinna unsterblich verliebte und den sie – die Bedenken ihrer Eltern über Bord werfend – zwei Jahre später heiratete, um für ihn eine Aufenthaltsgenehmigung in Deutschland zu erwirken.

Rückblickend war die Anfangszeit kein Zuckerschlecken. Beide arbeiteten hart: Hassan jobbte in einer Tankstelle nördlich von Oldenburg, Corinna beendete ihre Ausbildung als Grundschullehrerin. Das Geld war knapp, aber zusammen schafften sie es. Hassan bekam eine Stelle in einer gutgehenden Renault-Vertragswerkstatt in Oldenburg. Er verstand sich so gut mit dem Eigentümer, dass der ihn als Nachfolger aufbaute und ihm anbot, das Autohaus zu übernehmen, als er in Rente ging.

Corinna und Petra schrieben sich noch ein paar Briefe, später Ansichtskarten aus dem Urlaub. Sie hatten sich auseinandergelebt, fanden wenig gemeinsame Interessen. Corinna ging in ihrer Familie auf. Petra absolvierte Kurse an der Polizeiakademie, fand ihre erste Stelle in einem Polizeikommissariat im Ruhrgebiet. Corinna war nicht sicher, in welcher Stadt. Es interessierte sie auch nicht.

2
Zollfahndungsamt Hannover

Februar 2021

»Ich glaube es nicht!« Wolf Bennert, Kriminaloberkommissar beim Zollfahndungsamt in Hannover, legte den Telefonhörer auf. »Diese Clans werden immer dreister. Wir haben da diesen Marokkaner ... »

»Vielleicht ist er Deutscher«, sagte seine Chefin, Kriminalhauptkommissarin Petra Sambrowski. Ihre braunen Augen funkelten, die Falte über ihrer Nasenwurzel vertiefte sich. »So deutsch wie du und ich, auch wenn ich einen polnischen Nachnamen habe. Auf den ich übrigens stolz bin.«

Wolf Bennert hob entschuldigend die Hände. Warum war seine Chefin immer so aggressiv? Er hatte den Eindruck, sie befand sich permanent in einer Verteidigungsstellung, immer auf der Hut, immer bereit, sich zu wehren. Hatte sie diesen Reflex entwickelt, um sich in der Männerwelt der Kommissariate durchzusetzen? Kompetent war sie ja, das musste er zugeben, vom Ruhrgebiet kommend war sie im Zollfahndungsamt Hannover Kriminalhauptkommissarin und Dienststellenleiterin geworden. Aber einigen Kollegen fiel es schwer, eine Frau als Vorgesetzte zu akzeptieren, das war ihm klar.

Petra Sambrowski war sehr schnell die Karriereleiter hochgeklettert. Konnte man als Frau im Polizeidienst nur aufsteigen, wenn man hart und ehrgeizig genug war und die Ellbogen ausfuhr? Das hatte Petra Sambrowski doch gar nicht nötig, dachte Wolf Bennert. Er fand seine Chefin durchaus attraktiv. Groß und schlank mit kräftigen rotbraunen Haaren, die vielleicht etwas zu kurz geschnitten waren und ihre markanten Züge ein wenig männlich wirken ließen.

Instinktiv zog Bennert den Bauch ein. Seit er allein lebte, aß er zu viel. Meistens Fastfood. Die Anzahl der abendlichen Biere war auch angestiegen.

Er riss sich zusammen und versuchte, sich zu konzentrieren. Über Petras Privatleben wusste er wenig. Sie zählte nicht zu den Frauen, die es liebten, allen möglichen Leuten einen Einblick in ihr persönliches Leben zu gestatten. Bennert hatte gehört, sie sei geschieden, habe eine erwachsene Tochter und wohne mit einer Frau zusammen. Sie habe von Männern die Nase voll, hieß es.

»Der junge Mann heißt Youssef Erekan«, führte er seinen Bericht fort. »Er ist in Deutschland geboren. Hat einen deutschen Pass und einen Wohnsitz in Oldenburg. Also, alles klar. Erst einmal Unschuldsvermutung. Das hat man uns ja eingehämmert.«

»Gott sei Dank«, sagte Sambrowski. »Im Rechtsstaat gilt nun mal die Unschuldsvermutung, und zwar ohne Wenn und Aber.«

»Soll sie ja auch, die Unschuldsvermutung, meine ich. Von mir aus auch für die christlichen Abgeordneten, die sich mit Schutzmasken bereichert haben.«

»Wolf, wirf nicht alles durcheinander«, sagte Petra Sambrowski. »Das nützt uns nicht. Mal ganz von vorne!«

Sie lächelte ihn kurz an, als ob sie um Verzeihung bitten wollte für die barschen Sätze vorher. »Erzähl mal der Reihe nach!«

»Ich habe in Oldenburg angerufen, um die Daten zu überprüfen. Youssef Erekan ist der Sohn von Hassan Erekan, einem Vertragshändler für französische Autos irgendwo auf dem Land zwischen Oldenburg und Delmenhorst.«

Es entging ihm nicht, dass Petra blass geworden war und ihre Hände die Armlehnen des Schreibtischstuhls umkrampften.

»Ist was?«, fragte er.

Petra winkte ab. »Erzähl weiter!«

»Youssef Erekan hat das Autohaus seines Vaters vor ein paar Jahren übernommen. Hassan Erekan hat in Tanger bei einem Verwandtenbesuch einen tödlichen Herzinfarkt erlitten. Seitdem geht es mit dem Autogeschäft bergab, sagen zumindest die Leute. Der Sohn habe seine KFZ-Lehre zwar abgeschlossen, aber nie seinen Meister gemacht. Erekan Junior ist fast kaum noch im Betrieb anzutreffen und – laut Aussagen des KFZ-Meisters – oft in Marokko geschäftlich unterwegs. »Darf ich raten«, sagte die Kommissarin, »Youssef Erekan saß am Steuer und behauptete, er sei rein privat in Marokko gewesen, um dort Verwandte zu besuchen. Und bei dieser Gelegenheit habe er sich den Wagen von einem Cousin ausgeliehen. Dessen Vater oder Bruder oder irgendein anderer Verwandter sei zur Zeit in Deutschland unterwegs und würde den Wagen innerhalb der erlaubten Dreimonatsfrist wieder nach Tanger zurückfahren.«

»Richtig kombiniert, Petra! Der Clou ist nur, dass auf Nachfragen bei Interpol herauskam, dass Youssef Erekan im Jahr zuvor in Belgien aufgefallen war, weil er – damals in einem grauen Porsche – mit 200 km/h nachts über die belgische Autobahn gejagt sei. Allerdings war er damals nur Beifahrer. Der Fahrer des Fahrzeugs – ein Gerrit Soundso, den Namen habe ich gerade nicht präsent – hat damals das

Bußgeld wegen Geschwindigkeitsübertretung gezahlt, ohne mit der Wimper zu zucken.

Vor einer Woche wurde ein schwarzer Volvo-SUV– mit Herrn Erekan am Steuer – hinter Groningen kurz vor der deutschen Grenze wegen überhöhter Geschwindigkeit gestoppt. Wieder wurde die Strafe ohne Diskussion gezahlt mit einem Bündel Scheine, das Herr Erekan aus der Innentasche seines Jacketts zog. Die niederländischen Kollegen sind misstrauisch geworden und haben uns als zuständige Zollfahndungsbehörde gebeten, Herrn Erekan einmal genauer unter die Lupe zu nehmen.«

»Spricht Youssef Erekan Deutsch?«

»Vorzüglich. Ohne Akzent. Er ist hier zur Schule gegangen.«

»Wo liegt das Problem, Wolf?«

»Mein Bauchgefühl sagt mir, die Sache stinkt zum Himmel. Da fährt dieser Marokkaner – entschuldige, dieser Deutsche – alle paar Wochen mit großen Luxuskarossen durch Spanien, Frankreich, Belgien und die Niederlande nach Deutschland. Es handelt sich jedes Mal um einen Wagen der oberen Preisklasse, der angeblich einem Verwandten in Marokko gehört.«

»Was passiert mit den Autos?«

»Keine Ahnung. Herr Erekan behauptet, die Wagen würden wieder nach Marokko zurückgebracht. Sie gehörten nicht ihm, sondern irgendeinem Cousin oder Onkel väterlicherseits, seien nur ausgeliehen. Da müssen wir genauer hingucken. Ich vermute, der junge Mann ist mit seinem Autohaus in finanzielle Schwierigkeiten geraten und braucht dringend Geld. Autos zu überführen ist ja nicht per se eine Straftat. Ich hatte einen Kumpel, der während seines Studiums immer wieder hochpreisige Autos nach Nordafrika gefahren hat. Mit dem Geld hat Helge damals sein Maschinenbau-Studium bezahlt.«

»Ist der Vater, dieser Hassan Erekan, in unserer Datei wegen Unregelmäßigkeiten aufgetaucht?«, unterbrach Petra den Redeschwall des Kollegen.

»Das ist es ja gerade. Nie! Der Mann war mit einer deutschen Grundschullehrerin verheiratet, wohnte über 30 Jahre in Deutschland. Zumindest sagen das die Kollegen in Oldenburg.«

»Und die Grundschullehrerin heißt mit Vornamen Corinna und hat ihren Ehemann in Marokko kennengelernt. Kannst du das nachprüfen?«

Wolf Bennert holte tief Luft. »Woher weißt du das, Petra? Kennst du die Frau?«

»Ich kenne wahrscheinlich auch den Ehemann, Wolf. Meine damalige Freundin Corinna und ich haben ihn in Marokko kennengelernt, als er uns bei einer Panne mitten im Atlas-Gebirge geholfen hat. Ich weiß auch, dass Corinna ihn nach Deutschland geholt und geheiratet hat. Ich habe die beiden aber später total aus den Augen verloren.«

»Das ist ja äußerst interessant! Kannst du da mehr in Erfahrung bringen? Persönliche Kontakte sind immer hilfreich.«

»Ich vermute, Sohnemann Youssef bekommt den Hals nicht voll. Wo holt der junge Mann die Autos ab? Direkt aus Marokko oder aus Tunesien oder Libyen? Vermutlich überall dort, wo die alten Schlitten wieder aufgehübscht, die Tachos zurückgedreht werden.«

»Details sind im Moment unklar. Es gibt unterschiedliche Möglichkeiten. Die Belgier glauben, dass er die Wagen nicht selbst aus Nordafrika holt. Es gibt von Ceuta oder Tanger aus die Möglichkeit, mit der Autofähre ins spanische Algeciras überzusetzen oder direkt nach Marseille zu schippern. Theoretisch könnte der junge Erekan den Wagen auch in einem europäischen Hafen von einem Mittelsmann übernehmen, um ihn quer durch Südeuropa nach Deutschland zu fahren.«

»Unwahrscheinlich«, sagte Petra. »Das Ganze sieht nicht aus wie eine private Initiative. Ich befürchte, wir müssen von organisierter Kriminalität ausgehen. Die Hintermänner wären ja dumm, wenn sie einen jungen Mann, der sehr wahrscheinlich arabisch spricht, nicht auch im Land einsetzen.«

»Habe ich auch schon gedacht«, nickte Wolf Bennert.

»Dieser Youssef Erekan fährt also den Wagen von der Fähre und verkauft ihn später, ohne Einfuhrzoll und Umsatzsteuer zu zahlen, was bei nur vorübergehender Verwendung bis zu drei Monaten des Fahrzeugs ja durchaus legal ist. Wenn der Handel bandenmäßig organisiert ist und in den Händen eines Familienclans liegt, ist es ein blühendes Geschäft.«

»Und das alle paar Wochen«, sagte Petra Sambrowski. »Ist doch klar, in einer Gesellschaft, in der das persönliche Prestige an der Größe des eigenen Autos gemessen wird, kann ein krimineller Gebrauchtwarenhändler einträgliche Geschäfte machen.«

»Was machen wir nun mit dem Mann?«

»Ich werde mich bemühen, den Kontakt zu Corinna aufzunehmen. Wahrscheinlich ahnt sie gar nicht, was ihr Sohnemann so treibt. Einer von uns sollte in den nächsten Tagen in die Oldenburger Polizeiinspektion fahren und mit den Kollegen vor Ort sprechen. Persönliches Kennenlernen funktioniert immer noch am besten. Es ist vielleicht auch eine gute Idee, sich auf dem Weg das Autohaus der Erekans genauer anzusehen.«

»Mach ich gerne«, nickte Wolf Bennert. »In einer unserer zahlreichen und ach so unentbehrlichen Fortbildungen habe ich vor kurzem in Oldenburg ein weibliches Nordlicht aus Oldenburg kennengelernt. Rieke, hieß sie oder so ähnlich. Sieht gut aus, ist aber ziemlich anstrengend. Wäre einen Versuch wert, dort mal persönlich aufzutauchen.«

»Du nun wieder«, seufzte die Dienststellenleiterin. »Du lernst wohl nicht aus. Wie lang ist deine Scheidung her?«

»Eben«, sagte Kriminaloberkommissar Bennert. »Lang genug.«

»Bis zur nächsten Woche musst du dich schon noch gedulden für deine Brautschau. Hier liegt zurzeit viel an. Außerdem«, Petra grinste anzüglich, »soll dann auch die Kältewelle vorbei sein. Gut für Frühlingsgefühle!«

3
Polizeiinspektion Oldenburg

»Besuch für dich«, sagte die Polizeianwärterin Luisa Vieira, als ihre Chefin, Polizeioberkommissarin Rieke Breken, mit rotem Gesicht und wild wippendem Pferdeschwanz in die Polizeiinspektion Oldenburg gestürmt kam, in der sie seit ein paar Monaten als Dienststellenleiterin arbeitete. Wie so oft ist sie ein paar Minuten zu spät.

»Der Wagen, der Wagen sprang nicht an!«

Sie riss die Maske vom Gesicht, klappte den Mund zu und sah erstaunt den – zugegebenermaßen – recht attraktiven Mittvierziger an, der lächelnd aufstand, ihr die Hand hinstreckte und sie dann schuldbewusst wieder sinken ließ, als sie keine Anstalten machte, sie zu ergreifen.

»Entschuldigung! Ich weiß, Corona! Außerdem werden Sie mich mit Maske wohl kaum wiedererkennen, Frau Breken.«

Wolf Bennert trat ein paar Schritte zurück und schob die Maske unters Kinn. »Tut mir leid, manchmal vergesse ich ... «

»Lassen Sie es gut sein. Wir sind hier alle mindestens zweimal geimpft. Spät genug, wenn man bedenkt, mit wie vielen Leuten wir es zu tun haben. Aber egal, von uns hat es bisher niemanden erwischt. Gott sei Dank.«

Wolf Bennert nestelte an seiner Maske. »Bei uns ist nur die Chefin vollständig geimpft, aber dafür machen wir alle zwei Tage einen Test. Ich bin negativ.«

»Na, wie schön«, sagte Rieke Breken kühl und versuchte, mit den Händen ihre krausen Haare zu bändigen.

»Erst versemmeln sie den Impfstart, dann gibt es nicht genügend Schnelltests und nun versuchen sie, uns wie in mittelalterlichen Pest-Zeiten zu Hause einzusperren. Mehr fällt denen da oben nicht ein. Mich wundert, dass die Banküberfälle nicht horrende in die Höhe gegangen sind. Wir sehen doch mit Maske alle wie Bankräuber aus.«

»Die gute alte Rieke Breken!« Wolf Bennert lachte. »Immer im Kampf-Modus!«

»Quatsch«, gab Rieke Breken zurück. »Worum geht es? Sie sind sicher nicht hergekommen, um zu plaudern.«

So schnell gab der Kollege nicht auf. Er lächelte charmant und hob die zusammengefalteten Hände wie zum Gebet.

»Ich freue mich, Sie zu sehen, Frau Breken. Und dass Sie meinen Namen behalten haben. Und ich möchte mich hiermit auch in aller Form für mein Benehmen bei unserem letzten Treffen entschuldigen. Es tut mir wirklich leid.«

»Deswegen sind Sie hier?«

»Nein, es geht um Dienstliches.«

»Ach ja? Worum genau?« Rieke Breken holte sich einen Stuhl und setzte sich.

»Ich glaube, ich muss langsam los.« Luisa Vieira stand auf.

»Könntest du noch kurz bleiben und das Protokoll übernehmen?«, bat Rieke Breken.

Luisa zögerte: »In einer Stunde muss ich wieder an Bord sein. Ich wollte nur kurz vorbeischauen und Hallo sagen.«

»Ich regle das mit Ihrem Vorgesetzten«, sagte Wolf Bennert großspurig. »Wir brauchen dringend Informationen über Youssef Erekan Junior. Kennen Sie den Namen? Er ist wiederholt dabei aufgefallen, dass er große Luxuslimousinen, SUVs und Landrover aus Nordafrika nach Deutschland fährt. Sozusagen als Privatmann. Wir vermuten bandenmäßige Kriminalität und Steuerbetrug. Können Sie uns weiterhelfen?«

»Ich kenne Corinna Erekan, Youssefs Mutter«, sagte Luisa. »Sie wohnt in meiner Nähe. Wir haben uns beim Yoga kennengelernt und trinken oft hinterher ein Bier in der Kneipe nebenan.«

»Was wissen Sie über sie?« Bennert beugte sich vor.

»Corinna ist Grundschullehrerin, arbeitet aber nur Teilzeit. Seit dem Tod ihres Mannes unterstützt sie ihren Sohn, der Probleme hat mit seinem Autohaus. Sie macht wohl die Buchhaltung der Firma. Im Moment ist sie allerdings in der Reha-Klinik in Bad Zwischenahn, um sich nach einer Hüftoperation mobilisieren zu lassen.

Ich mag Corinna sehr. Sie betreut auch immer wieder die Enkelkinder, wenn deren Mutter zur Maniküre will oder ihr Pferd bewegt.«

»Das lässt nicht auf ein Liebesverhältnis zwischen Frau Erekan und ihrer Schwiegertochter schließen«, kommentierte Rieke Breken.

Luisa zuckte mit den Schultern. »Kann sein, aber Corinna mag Kinder. Sie hat mir – ernsthaft oder frotzelnd, das weiß ich nicht – angeboten, später einmal mein Kind aus der Krippe abzuholen, wenn ich es bei unseren unmöglichen Dienstplänen nicht schaffe, rechtzeitig zu Hause zu sein.«

»Gibt es denn keinen zuständigen Vater?« Die Bemerkung war Wolf Bennert so herausgerutscht, am liebsten hätte er sich auf die Zunge gebissen. Zu spät.

Luisa Vieira kniff die Augen zusammen. »Ich finde nicht, dass Sie das etwas angeht. Aber – um Sie zu beruhigen – es gibt einen Vater, aber Jan ist oft unterwegs. Zurzeit arbeitet er als Meeresbiologe auf der POLARSTERN in der Antarktis.«

»Entschuldigen Sie«, sagte Wolf Bennert und wurde rot. »Es tut mir leid.«

»Sollte es auch«, sagte Luisa. »Würden Sie einem Mann auch mit so einer unverschämten Frage kommen?«

Luisa machte Anstalten, den Raum zu verlassen, war aber dann professionell genug, um die unangenehme Situation durchzustehen.

Wolf Bennert sah ein, er war in Ungnade gefallen.

»Entschuldigen Sie, ich habe mich unmöglich benommen. Ich bitte für meine Worte um Verzeihung. Ehrlich.«

»Ok«, sagte Rieke Breken mit hochgezogenen Brauen. »Wo waren wir stehengeblieben?«

»Die Tochter Malika wohnt in Frankreich, in Dijon. Seit der alte Erekan tot ist, kommt sie wieder ab und zu nach Oldenburg«, nahm Luisa den Faden wieder auf. »Ihr Vater hat wohl als marokkanischer Macho – entschuldigt, so sehe ich das – versucht, die Freiheit seiner Tochter zu stark zu beschneiden, so hat es mir zumindest Corinna erzählt, und daher ist Malika direkt nach dem Abitur zu ihrer französischen Gastfamilie gezogen. Hat dem Vater natürlich gar nicht gepasst.«

Das Telefon klingelte. Die Kommissarin nahm ab, hörte eine halbe Minute zu und sagte: »Wir kommen sofort.«

Sie sah in die Runde. »Dein Einsatz, Luisa. Eine Wasserleiche im Oldenburger Yachthafen. Die Wasserschutzpolizei ist schon unterwegs. Der Kollege Löschner kommt gerade von einem Einsatz im Watt zurück, wo Kinder von der Flut überrascht wurden und das Wasser ihnen den Weg abgeschnitten hatte. Ein Polizeiarzt ist noch an Bord. Luisa, ich halte hier die Stellung und du nimmst diesen taktlosen Kollegen mit. Vielleicht kann er helfen. Du kannst mich jederzeit erreichen, wenn ihr Hilfe braucht.«

Wolf Bennert sprang auf.

4
Oldenburger Stadthafen

Corona hin oder her. Der *FISCHREIHER* am Oldenburger Stadthafen war gerammelt voll an diesem sonnigen Samstagnachmittag Anfang März. Letzte Schneereste auf den Wiesen, es roch nach Frühling. Schneeglöckchen hatten mit ihren grünen zusammengerollten Blättern die aufgetaute Erde durchstoßen. Krokusse und Veilchen in den Vorgärten ließen hoffen, dass der Winter endgültig vorbei war.

Auf der Hafenpromenade brummte das Leben. Es war schwierig, überhaupt einen der Außentische zu ergattern. Die Gäste saßen direkt auf der Promenade, nur durch die Kaimauer von den im Wasser dümpelnden Segelbooten getrennt. Mit dem Restaurant im Rücken waren die meisten Plätze windgeschützt, und da der Himmel makellos blau war, hielten die Menschen das Gesicht in die lang vermissten Sonnenstrahlen, schlossen die Augen und genossen die Wärme auf der Haut. Deutsches Dolcefarniente. Hin und wieder nippten sie an ihrem Kaffee oder an einem gekühlten Glas Wein, die Kinder leckten zufrieden ihr Eis, der Obstkuchen mit Sahne fand begeisterte Abnehmer. An warmen, windstillen Tagen war es äußerst schwierig, überhaupt einen Platz zu finden.

Ein paar weiße Yachten schaukelten im Hafenbecken vor sich hin. Neidisch schauten die Landratten auf die ausklappbaren Teak-Tischchen im Cockpit, wo ihre Eigner auf den mit roten oder blauen Sitzkissen bestückten Holzbänken vor ihren Drinks saßen. Urlaubsfeeling pur. Um diesen perfekten Vorfrühlingstag zu genießen, musste man gar nicht die Segel setzen. Viel zu viel Stress. Einfach entspannt auf seinem Boot sitzen, ein kühles Bier genießen oder Freunde zu Kaffee und Kuchen einladen, während die Wellen das Schiff leicht hin- und herwiegten. Über die Hunte und entlang der Weser bis Bremerhaven zu segeln, das war ein langes Stück zu schippern, ganz zu schweigen von einem Törn nach Helgoland. Zu stressig für ein kurzes Wochenende. Aber von Elsfleth über die Hunte nach Oldenburg in den Yachthafen zu motoren, das war ein idyllischer kurzer Ausflug. Oldenburg hatte zudem eine pittoreske Altstadt, sehenswerte Museen, besaß einen traumhaften Hafen und eine Promenade, von der man einen unverstellten Blick auf den Innenhafen hatte.

Das dachte auch ein Vater, der an diesem Wochenende seine Tochter hüten musste und mit ihr einen Ausflug zum Hafen gemacht hatte, um dort friedlich sein Bier zu trinken. Er wurde aus wohligen Träumereien gerissen, als seine kleine Tochter, die sich über die niedrige Kaimauer gebeugt hatte, mit ausgestrecktem rechten Arm nach unten wies und begeistert rief:

»Papa, schau mal! Da taucht einer!«

»Wohl kaum«, murmelte der Vater, der keine Lust verspürte aufzustehen, und dann lauter zu seiner Tochter. »Unsinn, Pia. Das Wasser ist viel zu kalt. Warum sollte da einer tauchen?«

»Da taucht aber einer«, beharrte Pia. »Aber wie kann der atmen? Der hat sein Gesicht im Wasser.«

»Was hat der?«

»Sein Gesicht im Wasser. Und der Mantel schwimmt auf den Wellen.«

»Der Mantel?«

Der Vater drückte sich stöhnend hoch. Dass Kinder aber auch immer so lästig sind! Ihm war bewusst, dass er dran war mit Kinderdienst, seine Ex hatte Wochenendbereitschaft in der Klinik, aber warum ließ ihn die Tochter nicht ein einziges Mal in Ruhe sein Bier trinken? Er hatte ihr doch ein großes Eis gekauft, der kleinen Nervensäge.

»Papa, guck mal. Jetzt geht er unter!«

Mit ein paar Schritten war der Vater an der niedrigen Mauer und versuchte, das Kind zurückzuziehen. Pia wehrte sich heftig.

»Wo taucht einer, Mäuschen?«

»Da«, sagte Pia und zeigte direkt nach unten. Und in der Tat, nah an der Kaimauer hing – ja, was? – ein Mantel? Ein Kleiderbündel? Ein Mensch?

Der Mann zerrte die kleine Tochter energisch von der Kaimauer weg. »Pia, komm, das ist nichts für dich!«

Das Kind protestierte. Natürlich protestierte es. Diesmal lautstark.

»Ich habe ihn zuerst gesehen. Das ist mein Taucher!«

»Das ist kein Taucher«, sagte der Vater und kämpfte gegen seinen Würgereiz an. »Das ist ..., das ist ... « Ein Ober war näher gekommen, schaute über die Mauer, unterdrückte einen Schrei, schlug die Hand vor den Mund, zückte sein iPhone, wählte 110.

Mittlerweile waren auch andere Gäste neugierig geworden, standen auf, um einen Blick über die Kaimauer zu werfen. Einige Männer fischten ihre Handys aus den Jackentaschen und knipsten wie verrückt. Der Ober versuchte, die Menschen zurückzudrängen.

»Meine Herrschaften. Bitte, nicht! Die Polizei ist benachrichtigt.«

Es nützte nichts. Hunderte von Augenpaaren glotzten mittlerweile auf das schwimmende Bündel, das sich offensichtlich an einer Kette verhakt hatte. Die Bootseigner und deren Gäste wurden aufgeschreckt durch den Tumult auf der Promenade. Aber sie waren zu weit entfernt von dem im Wasser auf- und abwabernden Stoffbündel. Den Motor einer Yacht anspringen zu lassen würde nichts bringen. Der Hafen war zu eng für irgendwelche schwierigen Manöver. Einige tatkräftige Jungsegler ließen geistesgegenwärtig ihr Dingi ins Wasser, sprangen hinein und versuchten, sich mit ein paar Ruderschlägen dem schwimmenden Mantel zu nähern.

»Nichts anfassen! Die Polizei ist gleich da!«, schrie der Kellner von oben.

»Haben die ein Boot dabei?«, schallte es zurück.

»Glaub ich nicht«, sagte der Ober.

»Wie wollen die dann an die Leiche rankommen?«

Pia hatte genau zugehört. »Welche Leiche? Ist der Mann tot?«

Der Vater versuchte wieder, die Tochter wegzuziehen. »Komm, Pia, wir kaufen noch ein Eis.«

»Ich will kein Eis«, zeterte Pia. »Ich will die Leiche angucken!«

»Zu viel Fernsehen«, sagte die ältere Dame neben ihnen und schüttelte den dauergewellten Kopf. »Die Kinder heute sind ganz schön abgebrüht!«

»Ach, halten Sie doch den Mund! Was wissen Sie schon!«, sagte der Vater, dem der Schweiß auf der Stirn stand. Er schnappte sich die Tochter, die wütend mit den Beinen zappelte und heulte: »Will die Leiche sehen! Will die Leiche sehen!«

Meine Güte, seine Exfrau würde ihm eine Szene machen. »Wie konntest du nur ...!«

Er nahm das brüllende und um sich schlagende Mädchen unter den Arm, verfolgt von den bösen Blicken der älteren Dame.

»Was macht der mit dem Kind? Ist das überhaupt der Vater?«, wandte sie sich an ihre Nachbarin.

Auf dem Weg zum Auto fing sein Rücken an zu schmerzen. Wieder einmal. Morgen würde er sich nicht bewegen können. Aber der schreienden Kleinen vor aller Augen den Mund zuzuhalten, das konnte er doch auch nicht. Wie er es machte, es war verkehrt.

Von weiter weg endlich die Polizei-Sirene. Das Blaulicht kam näher. Das weckte in Pia ungeahnte Kräfte.

»Papa, du bist gemein! Ich will runter! Lass mich los!«

Pia strampelte heftig mit den Beinen, schlug mit den Armen um sich, sodass der Vater mit schmerzverzerrtem Gesicht losließ und das Kind zur Mauer zurückrannte. Resigniert humpelte der Mann hinterher. Er gab auf. Seine Ex würde ihn erwürgen. Dessen war er sich sicher.

»Ein Schock für das Kind! Wie konntest du das zulassen? Wir müssen einen Termin beim Kindertherapeuten machen. Eine posttraumatische Belastungsstörung in ihrem Alter ist nicht zu unterschätzen!« Er hörte schon ihre sich überschlagende Stimme.

Zwei Einsatzwagen der Polizei hielten mit quietschenden Reifen vor dem *Fischreiher*. Mit großer Anstrengung, aber nur mäßigem Erfolg versuchten die Polizisten, die Promenade weiträumig abzusperren und die zur Kaimauer drängenden Menschen zurückzuschieben. Eine Sicherungsleine wurde am Geländer befestigt und eine schlanke, offensichtlich gut trainierte Polizistin stieg behände eine der mit einem gelben Bügel gekennzeichneten Eisenleitern an der Kaimauer hinunter. Ein Mann in Zivil kletterte ungelenk hinterher. Das Dingi war mittlerweile angekommen und einer der Männer versuchte, mit einem Bootshaken den leblosen Körper nahe ans Schlauchboot zu ziehen.

Von ferne das Geräusch eines näher kommenden Schiffes. Wieder Sirene und Blaulicht. Die Wasserschutzpolizei.

»Nichts anfassen«, rief Luisa Vieira von der Leiter aus den Ruderern im Dingi zu. »Die Wasserschutzpolizei ist in wenigen Minuten hier!«

»Und wenn der Typ noch lebt?«, rief einer der Männer. »Sollen wir ihn denn nicht schnell rausziehen?«

»Der ist doch mausetot«, sagte sein Kumpel.

Vorsichtig fuhr das Boot der Wasserschutzpolizei an die Kaimauerwand heran. Die Beamten hievten das Bündel Mensch über die Reling. Die Polizistin ließ sich an der Leiter ein Stück hinabgleiten, hakte die Sicherungsleine aus und sprang mit einem kühnen Satz an Deck. Der Kollege über ihr warf einen misstrauischen Blick auf das schwankende Boot, stieg noch ein paar Sprossen tiefer und ergriff dankbar die ausgestreckte Hand des Bootsführers.

»Kriminalhauptkommissar Löschner, Wasserschutzpolizei«, sagte der knapp. »Halten Sie sich an der Reling fest, es schaukelt ein wenig.«

»Wolf Bennert, Zollamt Hannover.«

»Ach so!« Löschner konnte ein Grinsen nicht unterdrücken. »Ein Landei sozusagen!«

Der Bootsführer legte das Schiff quer und sperrte so den hinteren Hafenbereich. Gegen die Gaffer oben auf der Kaimauer konnte er von hier unten nichts unternehmen. Damit musste die Besatzung des Streifenwagens fertigwerden.

»Dann wollen wir mal«, sagte der Polizeiarzt, den die Wasserschutzpolizei nach seinem Einsatz auf dem in Wilhelmshaven liegenden Öltanker an Bord genommen hatte, um ihn zurück nach Oldenburg zu bringen. Der Mediziner zog die sterilen Handschuhe an, kniete sich neben die Leiche und fing an, sie vorsichtig zu entkleiden.

»Ich finde kein Zeichen von äußerer Gewalteinwirkung«, sagte er endlich. »Ich kann auch nicht mit Sicherheit beurteilen, ob ein Unfall, ein Suizid oder ein Tötungsdelikt vorliegt. Ich werde Todesursache unbekannt ankreuzen, vielleicht sehen die Kollegen in der Rechtsmedizin mehr. Noch ist Fremdverschulden nicht auszuschließen.«

»Dunkler Wollmantel, graue Wrangler, roter Cashmere-Pullover mit V-Ausschnitt, schwarze kurze Lederstiefel. Und schaut mal her!«, er hielt ein Handy in die Höhe, »das war in seiner Gesäßtasche. Falls das Gerät durch eingedrungenes Wasser nicht vollständig zerstört ist, können unsere IT-Techniker vielleicht etwas damit anfangen.«

»Hoffentlich brauchen eure Experten nicht so lange wie unsere. Die Technik-Abteilung ist völlig unterbesetzt und kommt mit der Arbeit nicht nach«, sagte Wolf Bennert.

Eigentlich sollte der Kollege endlich mal den Mund halten, dachte Luisa genervt. Ging aber nicht auf die Bemerkung ein.

Löschner sprach in sein Diktaphon, wobei er penibel darauf achtete, dass niemand der Anwesenden irgendwelche Spuren verwischte.

»Die Leiche ist männlich, zwischen 25 und 35 Jahre alt, schwarze Haare, glattrasiert, aber für einen Norddeutschen eine eher ungewöhnlich dunkle Haut. Über 1.90 Meter groß und kräftig, ziemlich muskulös, wenn auch mit deutlich sichtbarem Bauchansatz.«

Der Arzt stand auf, rieb sein schmerzendes Kreuz. »Unser Opfer hat sich offensichtlich in den letzten Jahren gehen lassen, zu viel gegessen und getrunken, zu wenig Sport gemacht, vielleicht sogar Drogen genommen«, spekulierte der Mediziner. »Wir müssen den Staatsanwalt benachrichtigen, der sollte möglichst schnell beim Landgericht einen Antrag auf Obduktion stellen. Wir brauchen den Obduktionsbericht.«

Alle starrten auf den toten Körper vor ihnen. Die Leiche konnte noch nicht lange im Wasser gelegen haben, da war man sich einig, kaum 24 Stunden, denn der Körper war gut erhalten, die Feuchtigkeit hatte bisher kaum Spuren hinterlassen. Zur Identifizierung könnte auch die Tätowierung der sich ringelnden Schlange auf der linken Schulter beitragen. Das BKA hatte eine Zentralkartei, die aber nur hilfreich sein würde, wenn der Tote schon einmal polizeitechnisch aufgefallen war. Der Mann trug keine Uhr, aber einen breiten Goldring mit arabischen Schriftzeichen.

»Da müssen wir nur das Gegenstück finden«, sagte Wolf Bennert. »Ich wette, das ist ein tunesischer oder marokkanischer Ehering. So einen wollte meine Ex bei einem Urlaub in Agadir unbedingt haben.«

»Und schaut mal, dieser Ohrstecker mit dem glitzernden Brillanten. Ist der echt?«

Luisa hatte sich vorgebeugt und schob mit behandschuhter Hand vorsichtig die über dem Ohr baumelnden dunklen Locken zur Seite.

»Ein schwules Opfer?«, gluckste Wolf Bennert, wusste aber sofort, auch diese Bemerkung würde übelgenommen werden. Er schob leise ein »Tschuldigung!« hinterher. Zu spät.

»Was soll das denn?« Luisa Vieira schaute irritiert auf. »Seitdem sich homosexuelle Männer nicht mehr verstecken müssen, tragen Männer den Ohrstecker dort, wo sie ihn hinhaben wollen. Kein Erkennungszeichen, kein cool oder schwul, das sollten Sie eigentlich wissen, Herr Bennert.«

Gratuliere, dachte sie. Eine Retourkutsche für die Frage nach dem Vater meines zukünftigen Kindes. Eigentlich primitiv, wie ich reagiere. Aber dieser hochnäsige Kollege geht mir auf den Geist.

Wolf Bennert presste die Lippen zusammen, legte die Stirn in Falten. Nicht, weil er nicht wusste, an welchem Ohr homosexuelle Männer den Ohrring trugen, sondern weil die hübsche junge Kommissarin ihn vorführte, indem sie ihn penetrant weiter siezte.

Der Polizeiarzt durchbrach das feindselige Schweigen und fasste die Ergebnisse seiner Untersuchung zusammen:

»Die Verwesung ist nicht weit fortgeschritten. Das Wasser ist kalt, da verläuft der Verwesungsprozess langsamer. Die Tatzeit und den Todeszeitpunkt muss die Autopsie ergeben. Nur sie kann klären, ob der Mann noch lebte, als er ins Wasser gestoßen wurde, oder nicht.«

Luisa hörte interessiert zu. »Sie meinen, eine chemische Analyse wird zeigen, ob sich Kieselalgen in den Nieren, im Gehirn, im Knochenmark abgelagert haben. Das wäre ein sicheres Zeichen, dass das Opfer lebend ins Wasser geworfen wurde, habe ich in der Ausbildung gelernt. Stimmt das?«

Der Arzt schaute die Polizeianwärterin überrascht an. Die wurde verlegen.

»Ich will nicht mit meinem Wissen angeben«, sagte sie. »Aber die Rechtsmedizin fand ich schon immer spannend.«

»Und schwierig. Aber Sie haben völlig Recht mit den Diatomeen im Blut, manchmal auch in den Nieren und im Gehirn. Aber auch sie sind nicht hundertprozentig aussagekräftig«, erklärte der Arzt freundlich und kein bisschen arrogant.

Nachdem sich das Boot der Wasserschutzpolizei mit aufheulendem Motor und hoher weißer Heckwelle entfernt hatte, zerstreuten sich die Menschen auf der Promenade.

»Jetzt brauche ich einen Schnaps«, sagte Pias Vater und ließ sich auf einen der freigewordenen Stühle sinken.

»Das sag ich Mama!«, kommentierte Pia.

Er bestellte sich trotzdem einen Friesengeist und bestach Pia mit einem riesigen Banana Boat Eis.

5
Bad Zwischenahn

Corinna schaute durch die Glasfront des Speisesaals auf die weißgepuderten Wellen des Zwischenahner Meeres. Noch war das Eis dünn, dunkle Wasserflächen unterbrachen immer wieder das in der Sonne leuchtende Weiß der Schneedecke. Der Wetterbericht sagte einen letzten großen Kälteeinbruch in den nächsten Tagen voraus. Corinna hob ihr Handy vors Auge, machte ein paar Fotos für die Tochter in Frankreich, für Freundinnen zu Hause. Sollte sie auch Youssef Bilder schicken? Sie hatte länger nichts von ihm gehört, fing an, sich Sorgen zu machen. Seine Frau anrufen? Lieber nicht?

Seit seiner Hochzeit mit Annika war der so offene und anhängliche Sohn ihr fremd geworden. Wie sehr hatte sie sich an ihm gefreut, an diesem sportlichen Sohn, der schon als kleiner Junge ununterbrochen einen Fußball unter dem Arm gehalten hatte. Das nervtötende Abprallen des Balles von der Garagenwand hatte damals die Nachbarn auf die Palme gebracht.

»Können Sie nicht dafür sorgen, dass ...!«

Corinna konnte. Sie fand eine Lösung. Als der Kleine sechs wurde, meldete sie ihn beim VFL Oldenburg an, dessen Jugendarbeit einen guten Ruf hatte. Youssef war hoch motiviert, geschickt, superschnell und ausdauernd, von Anfang an seiner Altersgruppe in der Bambini-Gruppe überlegen. Der Trainer schickte ihn in die F-Gruppe, zu den Sieben- und Achtjährigen, die alle einen Kopf größer waren als Youssef. Der Junge trainierte zweimal in der Woche. Corinna fuhr ihn am Wochenende zu den Spielen. Später, als Malika geboren wurde und Corinna sich um das oft kränkelnde Baby kümmern musste, übernahm Hassan die Aufgabe, den fußballverrückten Sohn zu den Spielen zu kutschieren. Wurde selbst angesteckt vom Fußballfieber, versäumte kaum ein Spiel. Er war stolz auf seinen athletischen Sohn, der so trickreich mit dem Ball übers Spielfeld dribbelte, dass er die Gegner zum Wahnsinn trieb. Auch der Trainer lobte Youssefs Ballgefühl. Der Vater strahlte und verdrängte die schwachen schulischen Leistungen seines Sohnes.

Nein, Youssef war kein begabter Schüler. Zeichnen und Malen, das konnte er, aber das Rechnen fiel ihm schwer, obwohl sich seine Mutter immer wieder mit ihm hinsetzte und übte. Das Lesen war holprig, vom Schreiben ganz zu schweigen. Legasthenie? Corinna wollte den Jungen nicht zu schnell testen lassen, kein Etikett auf seine Stirn kleben, das ihn stigmatisierte. Schließlich war er zweisprachig aufgewachsen. Hassan hatte darauf bestanden, dass Youssef Arabisch lernte. Er hatte mit dem Sohn ausschließlich Arabisch gesprochen, wenn er allein mit ihm war. Corinna unterstützte ihren Mann, protestierte aber, als Hassan den Jungen zwingen wollte, nach dem Schulunterricht bei einem marokkanischen Lehrer Privatunterricht zu nehmen. Sie gab sich Mühe, Youssef bei der Rechtschreibung zu helfen, wollte ihn aber nicht überfordern und vertraute auf seine Entwicklung und eine geduldige Förderung.

Im Sommer fuhren sie nach Tanger, hatten sich ein kleines Haus an der Küste gekauft, besuchten die Großeltern dort. Corinna fand, es reiche, wenn Youssef mit Oma und Opa und den Freunden am Strand arabisch sprach. Warum sollte der Junge auch noch die Schrift lernen?

Hauptsache, Youssef war glücklich, sagte sich Corinna und hörte geduldig zu, wenn ihr Sohn mit wild im Gesicht hängenden schwarzen Locken und leuchtend blauen Augen ihr ausführlich die Spielzüge des letzten Turniers schilderte, auch wenn sie nur die Hälfte von dem verstand, was er ihr erklärte.

Als er zwölf war, schickte ihn sein Trainer zu einem Sichtungsspiel, überzeugt davon, dass das Talent des Jungen nicht vergeudet werden sollte. Der Jugendtrainer von Werder Bremen wurde auf Youssef aufmerksam, und Youssef wurde in das Werder Nachwuchsleistungszentrum aufgenommen. Strahlend stieg er zweimal in der Woche in den Mannschaftsbus von Werder Bremen, der – von Cuxhaven kommend – die talentierten jungen Fußballer aufsammelte und zum Training ins Weserstadion fuhr. Am Wochenende waren die Eltern zuständig. Fahrgemeinschaften wurden gebildet und abwechselnd karrten die Eltern ihren fußballbegeisterten Nachwuchs zu den Spielen ins Umland.

Der Leistungsdruck stieg. Auch in der Schule. Corinna war als Nachhilfelehrerin gefragt, was das Verhältnis zu ihrem pubertierenden Sohn nicht gerade verbesserte. Werder Bremen bestand bei seinen jungen Spielern auf mindestens durchschnittlichen schulischen Leistungen, sonst durften sie nicht zum Training. Eine harte Strafe für die jungen Fußballer. Aber Disziplin wurde großgeschrieben. Fraglich war, ob Youssefs Noten für den Übergang in die Oberstufe ausreichen würden. Ursprünglich sah Hassan, der selbst nie eine Universität besucht hatte, seinen Sohn als Akademiker, der sich nie mehr – wie er selbst – die Hände schmutzig machen sollte, sondern vom Schreibtisch erfolgreich die Geschicke des Autohauses lenken würde. Doch mittlerweile träumte der

Vater den Traum des Sohnes. Youssef würde Fußballprofi werden, daran gab es für Hassan keinen Zweifel mehr. Wann immer es seine Zeit zuließ, kutschierte er seinen Sohn und dessen Kumpel unermüdlich zu den Spielen, hockte auch bei Sturm und Regen am Spielfeldrand, jubelte Youssef nach gelungenen Pässen zu, belohnte ihn für jedes von ihm geschossene Tor, was der Trainer äußerst ungern sah, tröstete ihn, wenn die Mannschaft verlor und dem sensiblen Jungen die Tränen in den Augen standen. Zusammen lasen Vater und Sohn den Sportteil der Zeitung. Sie sahen sich jedes Spiel im Fernsehen an, und diskutierten am Abendbrottisch stundenlang die taktischen Spielzüge, so dass Corinna und Tochter Malika nur noch die Augen verdrehten. Aber dann kam der Tag, der für Youssef alles verändern sollte. Fußball war nie ihr Ding gewesen, aber Corinna hatte sich breitschlagen lassen, ihren Sohn zu einem Auswärtsspiel zu chauffieren, da Hassan einen unaufschiebbaren Termin beim Renault-Konzern in Paris hatte.

Corinna saß auf der Tribüne, umgeben von fußballbegeisterten Bremer Müttern und Vätern, die an diesem warmen Maitag im Stadion des VfL Wolfsburg ihre auf dem Spielfeld hin- und herjagenden Söhne beobachteten und aufstöhnten, wenn sich Wolfsburger Spieler dem Werdertor näherten, aber begeistert aufstanden und schrien, wenn die Söhne mit schnellen Doppelpässen zum gegnerischen Tor stürmten, sich wie in einem Reigen enttäuscht auf die harten Bänke fallen ließen, wenn der Ball über die Latte ins Aus flog. Auch Corinna ließ sich mitreißen, die Stimmung im Stadion war ausgezeichnet, das Spiel war schnell und pfiffig, die jungen Spieler in Topform. Corinna ließ Youssef nicht aus den Augen.

Freistoß für Werder. Der Ball landete direkt vor Youssefs Füßen am linken Spielfeldrand. Er nahm den Ball aus der Luft an, stoppte ihn, jagte ihn mit ein paar Schritten an der Seitenlinie entlang, spielte einen punktgenauen Pass zu dem sich freilaufenden Mittelstürmer, bekam die Kugel zurück und stürmte nach vorne in Richtung gegnerisches Tor. Eine Flanke zum rechten Mittelstürmer, der den 16-Meter-Raum erreicht hatte und versuchte, das Leder ins Netz zu donnern. Der Wolfsburger Torwart erreichte das fliegende Geschoss mit der linken Faust, hob es über die Latte.

Ganz klar, der Schiedsrichter pfiff Ecke. Eine Phalanx von Werder-Spielern baute sich vor dem Tor auf, Youssef am Anfang der Reihe. Der Ball kam in einem hohen Bogen angeflogen, Youssef sprang hoch, um den Ball mit dem Kopf zu nehmen, spürte schon im Aufsteigen den Stoß eines Ellenbogens im Kreuz, verlor die Balance, drehte sich in der Luft und landete hart auf dem linken Fuß. Das leicht gebeugte Knie rotierte nach außen, der Unterschenkel drehte nicht mit, ein höllischer Schmerz im Knie. Youssef wand sich stöhnend am Boden. Nein, das war keine Schwalbe. Die Bremer Zuschauer schrien vor Empörung. Väter drohten mit der Faust. Der Schiedsrichter unterbrach das Spiel sofort, zeigte dem Wolfsburger Jungen die rote Karte und schickte ihn vom Platz. Youssef wurde von zwei Sanitätern auf einer Liege vom Spielfeld transportiert.

Elfmeter für die Werder Spieler. Das ersehnte 1:0, das sie bis zum Schluss halten konnten. Für Youssef nur ein kleiner Trost. Der Sportarzt im Krankenhaus Links der Weser diagnostizierte einen Riss des vorderen Kreuzbandes, des medialen Seitenbandes und eine Schädigung des Innenmeniskus. Die unselige *Unhappy Triad*, eine Verletzung, die Spieler und die behandelnden Mediziner fürchten, da die Ausheilung lange dauert und in einigen Fällen nicht vollständig gelingt. Trotz Operation und monatelanger Reha-Maßnahmen.

6
Reha-Training

Corinna schreckte auf aus ihrem Mittagsschlaf. Sie hatte von Youssef geträumt, von diesem verhängnisvollen Tag, an dem seine Karriereträume ein so abruptes Ende genommen hatten.

Corinna machte sich lang, streckte abwechselnd die Beine, hob die Arme, legte sie hinter dem Kopf ab, rollte sich wieder zusammen und versuchte die Rückenschmerzen abzuschütteln, die sie seit der Operation quälten. Machen Sie nur regelmäßig ihre Übungen, hatte die Therapeutin gesagt, morgens und abends, das kriegen wir wieder hin. Gehorsam ging Corinna in den Vierfüßlerstand, krümmte den Rücken, machte ihn wieder gerade, Katze und Kuh, die alte Yoga-Übung, merkte, dass der Schmerz im Rücken langsam nachließ.

Sie nahm den »Anwendungsplan« - den Zeitplan für ihr Physioprogramm - vom Beistelltischchen neben dem Bett und traute ihren Augen nicht.

»Hüfte 75 Plus« stand dort. Hatte der nette iranische Arzt, der sie am ersten Tag untersucht hatte, die Zahlen ihres Geburtsdatums vertauscht? Sie war doch erst 57.

Der Doktor und sie hatten sich doch gut verstanden und sich angeregt über die politische Lage im Iran unterhalten. Fragen zu ihrer Gesundheit und ihrer Kondition hatte er kaum gestellt, nur mit Stolz berichtet, dass sein Name *Sohn des Arztes* bedeute und er aus einer langen Generation von Ärzten und Apothekern abstamme. Corinna suchte ihre Lesebrille, setzte sie auf und wieder ab, aber es war kein Irrtum. 75 Plus stand auf ihrem Therapie-Plan. Ein Schreibfehler? Es war doch nur eine Hüftoperation. Eine kaputte Hüfte konnte man, wenn man Pech hatte, doch schon vor dem Rentenalter haben. Genetisch bedingt. Sonst war sie doch fit und gut in Form. Sie machte seit Jahren Yoga und kraulte zweimal in der Woche ihre 1000m im Hallenbad, nachdem der Orthopäde ihr nach einer Meniskusoperation vor einigen Jahren vom Brustschwimmen genauso abgeraten hatte wie von Punktspielen beim Tennis.

Corinna ging in den abgeteilten Warteraum. Ein Zivi schob eine alte Frau im Rollstuhl neben sie.

»Können Sie die Patientin gleich mit in den Gymnastikraum nehmen?«, fragte er höflich. »Ich muss weiter.«

Corinna nickte. Also hielt dieser junge Mann sie für fit genug, einen Rollstuhl zu bewegen. Das machte Mut.

Der Vorraum füllte sich, und nachdem die überschlanke Physiotherapeutin – »Ich bin Frau Salzmichel-Mecklenburger!« – pünktlich den Gymnastikraum aufgeschlossen hatte, suchten sich acht Patienten einen Platz auf bereitstehenden Hockern. Mit und ohne Kissen. Das dauerte eine Weile, denn entweder war der Hocker zu niedrig oder zu hoch. Es fehlte ein Sitzkissen oder der Patient wollte keins. Endlich saßen alle auf ihren Hockern und blickten die Therapeutin fragend an.

»Gut«, sagte sie. »Dann fangen wir an. Oberkörper aufrichten. Kein runder Buckel. Und nun im Wechsel die Füße bewegen: Hacke ... Spitze ... Hacke ... Spitze ... «

Was soll das denn jetzt, fragte sich Corinna und bewegte ihre Füße im vorgegebenen Rhythmus. Schien aber für die anderen Teilnehmer gar nicht so einfach zu sein. Die Frau im Rollstuhl neben ihr wackelte ein bisschen mit den Füßen, wusste offensichtlich nicht, was Hacke und Spitze bedeutete, wedelte mit den Beinen hin und her und murmelte mit angestrengt gerunzelter Stirn: »Rechter Fuß nach vorne, nach hinten. Linker Fuß nach vorne, nach hinten!«

Wofür soll das gut sein, überlegte Corinna. Das ist ja wie im Altenheim beim Tanztee. Nicht, dass sie schon einmal beim Tanztee im Altenheim war.

»Stopp«, rief die Therapeutin und stürzte zu dem Mann am Fenster, der sich nur mühsam auf dem Hocker hielt und nach vorne zu rutschen drohte.

»Jetzt rollen wir die Schulter«, hieß die nächste Anweisung. »Nach vorne rollen«. Erstaunte Blicke. Wie rollt man die Schultern nach vorne? Die Physiofrau machte es vor. »Jetzt nach hinten.«

»Prima! Nun im Wechsel: Eine Schulter nach vorne rollen, die andere nach hinten!«

Das war schon schwieriger. Und dann erst die Stehübung, da griffen fast alle Teilnehmer zu einem festen Halt.

»Eine wichtige Übung«, betonte Frau Salzmichel-Mecklenburger. »Das Gleichgewicht muss trainiert werden. Immer wieder auf einem Bein stehen, das ist ganz wichtig für die Sturzprophylaxe.«

Sie hatte sicher Recht, musste Corinna zugeben, wenn sie so in die Runde schaute. Aber was suchte sie hier? Vor ihrer OP kraulte sie dreimal pro Woche ihre 1000 Meter, machte Pilates – in Corona-Zeiten auch über YouTube – und praktizierte ihre

Gleichgewichtsübungen schon am frühen Morgen unter der Dusche.

»Nun stehen wir auf dem linken Bein und bewegen den Unterschenkel des rechten Beines einmal nach vorne und dann nach hinten. Festhalten! Halten Sie sich bitte an der Stange fest!«, rief Frau Salzmichel-Mecklenburger einer übergewichtigen älteren Patientin zu, die hinzufallen drohte, als sie ihre Kilos mit einem Bein stemmen wollte.

Die tun mir ja leid, die alten Leutchen, dachte Corinna und bekam ein schlechtes Gewissen. Ich sollte froh sein, dass es mir so gut geht. Aber wenn das Niveau der Übungen so niedrig bleibt, dann baue ich in den kommenden drei Wochen mehr Muskeln ab als auf. Ich muss mit dem Arzt sprechen.

Am nächsten Morgen wurde Corinna vom schrillen Läuten des Telefons geweckt.

»Hier Schwester Annemie. Frau Erekan, haben Sie Ihren Termin bei Professor Zimmermann vergessen? Es ist kurz nach acht. Der Professor wartet.«

Corinna richtete sich auf und drehte den Oberkörper vorsichtig zu dem Wecker auf dem Nachttisch neben ihrem Bett. Keine hektischen Bewegungen, hatte der Operateur im Krankenhaus ihr eingebläut. Sie hatte den Arzt-Termin zwar in ihren Kalender eingetragen, aber vergessen, den Wecker zu stellen. Oder er hatte nicht funktioniert. Sie war auf Kriegsfuß mit elektronischen Geräten. Die gehorchten ihr einfach nicht.

»Bitte kommen Sie sofort hinunter ins Arztzimmer«, sagte die Stimme streng. »Der Herr Professor hat nicht den ganzen Morgen Zeit. Aber Sie haben Glück, der nächste Patient fällt aus.«

Corinna entfernte das Kissen zwischen ihren Beinen, hievte es mühsam zur Bettkante und schubste es auf den dunkelroten Teppichboden.

»Bei einem neuen Hüftgelenk nie über einen Winkel von 90 Grad hinausgehen«, war die stetige Ermahnung von Ärzten und Schwestern im Krankenhaus. Deshalb musste sie auf dem Rücken schlafen, und sich diese unbequeme Rolle zwischen die Oberschenkel stopfen. Auf den Bauch drehen war verboten.

»Warum darf ich mich nicht auf den Bauch drehen?«, hatte sie gefragt.

Der Operateur hatte geantwortet: »Weil ich es gesagt habe!«

Sie war sprachlos gewesen und hatte gedacht, so hätte ich mal mit meinen Schülern oder mit meinen Kindern reden sollen. Verbote ohne weitere Erklärungen? Seufzend griff Corinna nach der Anziehzange, angelte ihre Trainingshose vom Boden – Bücken verboten – und zog sie vorsichtig über die Beine. Schwieriger war es mit den Strümpfen. Das erforderte akrobatisches Geschick, weil die Socken immer wieder über die Anziehhilfe rutschten. Sie gab es auf, stellte sich auf das gesunde Bein, streckte das andere nach hinten, winkelte es im Knie an und zog die Socke über die Ferse, wobei sie sich mit einer Hand am Stuhl festhielt.

Egal, wie das aussieht, dachte sie. Wahrscheinlich wie eine Zirkusnummer von einem ungeschickten Clown. Sie nahm ihren Mundschutz vom Tisch, griff nach den Krücken und humpelte über den Flur zum Arztzimmer.

Man wartete schon auf sie. Die junge Schwester blickte verunsichert auf den Mann im weißen Kittel, doch der sagte gönnerhaft:

»Na, Frau Erekan, doch noch geschafft?«

Corinna sagte »Entschuldigung« und legte sich auf die Liege.

»Die Wunde ist gut verheilt«, sagte der Arzt. »Am Montag können wir die Klammern lösen.«

»Dann möchte ich endlich ein Training haben, das meiner Kondition entspricht.«

Der Professor runzelte die Stirn. »Wir wissen schon, was für Sie gut ist«, sagte er.

»Das wage ich zu bezweifeln«, sagte Corinna. »Ich bezweifele allerdings nicht, dass ich Ihnen auf den Wecker gehe.«

»Gemach, gemach!«, sagte der weiße Gott und grinste. »Nicht so ungeduldig!«

»Mir ist klar, warum Ärzte keine Lehrerinnen leiden können.« Corinna ging auf seinen Ton ein.

»Weil die alles wissen. Alles besser wissen, das ist das Schlimme an der Sache. Und sie fragen pausenlos Doc Google.«

»Ich weiß nichts besser. Ich kann Besserwisserei auf den Tod nicht leiden. Und Doc Google habe ich noch nie um Rat gefragt. Aber ich möchte Dinge erklärt haben, dann fällt es mir leichter, Anweisungen zu befolgen. Übrigens, Ihr Vortrag gestern über Hüft-OPs war sehr informativ. Sie haben die einzelnen Schritte der Operation verständlich erklärt. Auch für Laien. Vielleicht hätten Sie Lehrer werden können.«

»Um Gottes willen«, jetzt lachte Professor Zimmermann und schüttelte sich. »Mich jeden Tag mit unwilligen und begriffsstutzigen Schülern herumschlagen? Nein, danke!«

»Eben!«, sagte Corinna und humpelte zur Tür. »Dann doch lieber Lehrerinnen als Privatpatienten.«

Was der Professor darauf sagte, bekam sie nicht mehr mit. Sie hörte nur die Schwestern lachen.

7
Wintereinbruch

Der Wettermann hatte recht behalten. Ende Februar war der Winter noch einmal mit Macht zurückgekommen. Der unerwartete Kälteeinbruch hatte die Pfützen auf der Eisdecke des Sees noch einmal zufrieren lassen. Am frühen Morgen hatte es heftig geschneit. Straßen, Felder, auch die Zufahrtswege zu Reha-Klinik lagen unter einer weißen Decke. Die Anwohner kamen mit dem Räumen kaum hinterher. Nur die mutigsten Patienten trauten sich mit ihren Krücken hinaus in die glitzernde Pracht. Die anderen drückten sich die Nasen platt an den Scheiben der bis zum Boden reichenden Fenster des Frühstücksraums. Eine schneegepuderte Eisschicht bedeckte das Zwischenahner Meer und sprühte Funken in der Februarsonne.

»Da sind Schlittschuhfahrer«, rief eine ältere Dame aufgeregt und deutete auf eine Vierergruppe, die weit draußen über das Eis glitt. »Und sogar Kinder sind dabei«, sagte eine andere empört. »Unverantwortlich. In der Zeitung steht, dass der See nicht mehr freigegeben ist. Überall sind Löcher.«

Alle hatten aufgehört zu essen und starrten gebannt auf die elegant dahingleitende Gruppe. »Das gibt ein Unglück«, sagte die erste Dame wieder. »Wo es doch verboten ist!«

»Vielleicht sind das Einheimische, die kennen sich aus!«, wagte Corinna einzuwerfen.

Wie gerne wäre sie jetzt da draußen. Sie war früher oft mit ihren Freundinnen auf der Hamme Schlittschuh gelaufen, ehe die Eisfläche freigegeben worden war. Mit einem langen Seil um die Hüften, für den Fall eines Falles. Sie hatten es glücklicherweise nur einmal gebraucht, als der Labrador der Freundin sich losgerissen hatte und aufgeregt einem Rebhuhn in einem schmalen Seitenarm hinterhergejagt und eingebrochen war. Auf dem Bauch liegend hatte sich Corinna an die Einbruchsstelle herangerobbt, während die Freundin kopfüber auf der Böschung die Kufen von Corinnas Schlittschuhen umklammerte. Sie hatten Glück gehabt, konnten den Hund heranziehen und zwei tatkräftige Männer halfen, das panische Tier aufs Trockene zu hieven. Von da an nahmen sie den Hund nicht mehr mit aufs Eis. Natürlich hatten sie Glück gehabt, dachte Corinna. Vielmehr der Hund hatte Glück gehabt. Warum auch nicht?

»Unmögliches Verhalten«, hörte sie einen hageren Herrn am Nebentisch geifern, der einen korrekten Scheitel durch sein schütteres Haar gezogen hatte und nun seine Goldrandbrille putzte, um besser sehen zu können. »Die Behörden wissen, was sie tun, wenn sie den See nicht freigeben.«

»Wirklich?«, war Corinna versucht zu sagen, hielt aber lieber den Mund, um nicht den Zorn des ganzen »Altenheims« auf sich zu ziehen.

»Diese Wahnsinnigen gefährden nicht nur sich, sondern auch die Rettungsmannschaften.« Wieder die nörgelnde Stimme der ersten Frau.

»Man wird einen Hubschrauber einsetzen müssen.«

»Au ja«, sagte ein kräftiger älterer Mann mit grauen Stoppelhaaren. »Ein Actionfilm.« Und lachte.

»Und Ihnen gefällt das auch noch«, zeterte seine Tischdame. »Sich am Unglück anderer weiden, das habe ich gern.«

»Welches Unglück?«, fragte der Mann. »Ich sehe nur, wie die Menschen dort hinten das Schlittschuhfahren genießen. Sind Sie nicht gern Schlittschuh gefahren, als Sie jung waren?«

»Ach, was, das hat nichts mit Jungsein zu tun. Es ist schlicht und einfach verantwortungslos und egoistisch. Ich rufe jetzt die Polizei an.«

Meine Güte, dachte Corinna. Warum werden einige Leute immer böser und intoleranter, je älter sie werden? Warum gönnen sie den anderen Menschen nicht ihren Spaß? Ist es Missgunst? Neid? Oder echte Sorge?

»Firma Horch und Guck wieder in Aktion?«, rief Corinna der alten Dame hinterher, die auf Krücken über den Gang zum nächsten Telefon stürzte. Aber das hörte die nicht mehr.

»Der größte Lump im ganzen Land, das ist und bleibt der Denunziant«, sagte der Grauhaarige am Nebentisch leise und schaute Corinna an. »Ich glaube, wir machen uns hier unbeliebt. Was halten Sie davon, unten auf der Bank am See noch einen Kaffee-to-Go zu trinken und das herrliche Wetter zu genießen, wenn wir schon nicht Schlittschuhlaufen können?«

Er glaubte selbst nicht, was er da sagte. Ihm wurde ganz heiß.

»Gern ein andermal«, sagte Corinna. »Ich habe Sitzgymnastik, da habe ich schon beim letzten Mal geschwänzt.«

Eine Abfuhr, dachte Hinnerk Freese. Das hatte er verdient. Er drehte sich um und versuchte, möglichst elegant mit seinen Krücken aus dem Speisesaal zu humpeln.

»Ich heiße Corinna«, rief Corinna ihm hinterher.

»Und ich Hinnerk«, sagte Hinnerk leise. »Hinnerk Freese.«

Er war sicher, das hatte sie nicht gehört. War vielleicht auch besser so.

8
Tanger

Für den sechzehnjährigen Youssef war nach dem Unfall eine lange Spielpause angesagt. Der Junge quälte sich durch die Gesamtschule. Stundenlang hing er vor dem Fernseher, schaute jedes Fußballturnier an, brachte aber selbst nicht die Energie und das Durchhaltevermögen auf, regelmäßig zur Physiotherapie zu gehen und die dort gelernten Übungen konsequent zu Hause zu praktizieren. Youssef war lieb und angepasst, durchaus logischen Argumenten zugänglich, aber er hielt die ihm verordnete Auszeit nicht durch. Er fing an, ununterbrochen am Computer zu daddeln, sich mit Essen vollzustopfen und dramatisch an Gewicht zuzulegen. Die Wettkämpfe fehlten ihm, die ausgelassene Freude in der Kabine nach einem Sieg, das Glücksgefühl, das ihn durchströmte, wenn die Kameraden ihm auf die Schulter klopften, wenn er einen gelungenen Pass geschossen oder den Ball verwandelt hatte, so dass die Zuschauer jubelnd von den Sitzen sprangen und »Toooor« schrien, die Arme in die Höhe reckten und seinen Namen skandierten: »Youssef! Youssef!

Youssef!« Er sah immer wieder das Gesicht seines Vaters vor sich, wie der nach einem gelungenen Spiel den Arm um ihn legte und stolz um sich blickte. Das ist mein Sohn, sagte diese Geste. Das ist mein talentierter Sohn.

Mittlerweile traf Youssef sich nur noch mit alten Kumpeln aus der Nachbarschaft, rauchte die ersten Zigaretten, die für ihn immer tabu waren, solange er aktiv Fußball spielte, fing an, Bier zu trinken. Und als Corinna die stecknadelkopfgroßen Pupillen ihres Sohnes sah, wenn er abends von irgendwelchen Treffen mit Freunden nach Hause kam, vermutete sie, dass er angefangen hatte, Drogen zu nehmen. Selbst unerfahren mit Suchtmitteln, teilte sie Hassan ihre Befürchtungen mit.

Der tobte, drohte, schickte den mittlerweile inzwischen 18-jährigen Sohn nach einem knapp bestandenen Fachabitur für ein Jahr zu den Großeltern nach Tanger.

Wider Erwarten gefiel es Youssef in Marokko. Seine Sprachkenntnisse verbesserten sich schnell. Er joggte morgens und abends am Meer entlang, fand Anschluss an eine Clique arbeitsloser junger Männer, die tagsüber im Sand Fußball spielten und sich abends einen Sport daraus machten, auf der Strandpromenade und in den Strandbars ausländische Touristinnen anzumachen und vor den Freunden mit den Eroberungen zu prahlen. Die meisten der deutschen, englischen, schwedischen Frauen – oft zehn Jahre älter als die Jungen – freuten sich über die Abwechslung in ihrem eher ereignislosen Urlaubsleben. Sie genossen den Charme und die Schmeicheleien der glühenden Bewerber, nahmen sie mit ins Bett, weihten sie ein in die Geheimnisse sexueller Praktiken, überhäuften sie mit Geld und Geschenken. Der dunkelgelockte Youssef mit den schwarzen Augen – dessen wohlgebauter Körper im Laufe der Wochen immer mehr Muskeln zeigte, nachdem die Fettschicht abgeschmolzen war – mutierte zum beneideten Star der Gruppe. Dank seiner deutschen und recht passablen englischen Sprachkenntnisse hatte er große Chancen bei den Touristinnen, und nachdem er seine Schüchternheit abgelegt hatte, war er es, der mit den meisten »Abschüssen« prahlte, wie sie es nannten.

Er lud seine Freunde mit dem in heißen Nächten verdienten Geld großzügig ein und war wieder jemand, zu dem man aufblickte und um dessen Freundschaft man buhlte. Youssef sonnte sich im Glanz der Bewunderung, die ihm als »Westler« so offen geboten wurde. Er war wer in dieser Clique von gerade der Pubertät entwachsenden Jungen. Sie drängten ihm die Rolle des Anführers auf, die er nach anfänglichem Widerstand annahm, die ihm aber nicht wirklich behagte.

Die Abende am Strand, die Nächte mit den vergnügungssüchtigen Frauen, die die heißen Urlaubsaffären mit den glutäugigen Marokkanern durchaus genossen, gefielen Youssef ebenso wie die Shisha, die sie am späten Nachmittag rauchten und in deren Handhabung die neuen Freundinnen eingeweiht wurden. Selten und mit der Zeit immer seltener hatte er ein schlechtes Gewissen, wenn eine junge Frau sich beim Abschied an ihn klammerte und er versprechen musste, ihr zu schreiben und in Kontakt zu bleiben. Natürlich war ihm bewusst, dass seine gestammelten Liebesschwüre nur gespielt waren. Es wurde schwierig, wenn eine der Gespielinnen die Regeln nicht akzeptierte, weil sie sich ernsthaft verliebt hatte. Aber das kam Gott sei Dank nicht oft vor.

Der Großvater war streng und duldete keinen Widerspruch, ein Patriarch der alten Schule. Ihm hatte Youssef bedingungslos zu gehorchen, der würde Youssef schon zeigen, wo es langging, hatte Hassan prophezeit. Er hatte verdrängt, dass er selbst als junger Mann nach Frankreich geflohen war, um der familiären Tyrannei zu entgehen. Youssefs Eskapaden mit den fremdländischen Touristinnen interessierten den Großvater allerdings nicht. Für die zügellosen Frauen aus dem Westen hatte der Alte nur Verachtung übrig. Alles Huren, an denen sich sein Enkel die Hörner abstoßen sollte, das konnte nicht schaden. Das würde ihn zum Mann machen.

Nach einem Jahr kehrte Youssef nach Deutschland zurück. Verändert, wie Corinna meinte. Ein Macho gegenüber seiner Mutter und seiner jüngeren Schwester, ein Duckmäuser, was seinen Vater betraf, der nun mit aller Macht versuchte, seinen Sohn als Nachfolger im Betrieb aufzubauen, ohne auf dessen eigene Wünsche und Vorstellungen zu achten.

»Lass uns ein wenig Geduld haben«, bat Corinna ihren Mann. »Du siehst doch, was mit Youssef los ist. Wie er leidet. Vielleicht sollte er eine Psychotherapie machen. Sich helfen lassen.«

»Der soll sich zusammenreißen!«, hatte Hassan mit zusammengebissenen Zähnen gesagt. Er wollte nicht einsehen, dass sein Sohn einfach nicht das Zeug und das Interesse hatte, einen Betrieb zu führen. Und bestimmt keine Lust, mit öligen Händen Autos zu reparieren.

»Bitte, Papa, ich möchte bei Werder bleiben. Sie bieten eine Ausbildung als Sport- und Fitnesskaufmann an«, bat der Junge. »Das würde mir Spaß machen. Ich verspreche, ich werde hart arbeiten und alle Prüfungen bestehen.«

Doch Hassan zwang ihn, eine KFZ-Ausbildung in der Werkstatt eines befreundeten Kollegen in Wilhelmshaven zu machen. Der Junge sollte doch froh sein, bei seinen schlechten Noten eine solche Chance zu bekommen: einen Ausbildungsplatz in einem gutgehenden Betrieb. Ohne ihn, seinen Vater, hätte er das nie geschafft. Nie im Leben. Da sah man wieder, wie wichtig es war, gute Kontakte zu haben. Undankbar war der Junge. Selbstsüchtig. Natürlich hätte ihm eine Fußballerkarriere besser gefallen. Verständlich. Hatte aber nicht geklappt. Nein, nicht wegen der Verletzung. Der Junge hatte einfach keinen Mumm, kein Durchhaltevermögen. Früher oder später wäre er sowieso gescheitert. An sich selbst. Zu weich der Junge, zu wehleidig. Was sollte bloß aus ihm werden?

Corinna hatte nächtelang mit ihrem Mann gestritten, ihn gebeten, auf Youssefs Wünsche einzugehen. Aber so nachgiebig und sanft Hassan ihr gegenüber war, nichts konnte ihn umstimmen, was seine Pläne für den Sohn betrafen. Corinna hatte den kulturellen Unterschied zwischen sich und ihrem Mann immer heruntergespielt, aber je älter Hassan wurde, desto mehr verhärtete er sich, umso konservativer und rigoroser wurde er. Ihr tat der Sohn leid, sie sah sich aber außerstande, ihm zu helfen.

Youssef hätte sich schon selbst aus der Klammer befreien müssen, aber der Sohn wagte es nicht, gegen den Vater aufzumucken. Youssef sollte froh sein, sagte Hassan, dass ihm sein Vater eine Lehrstelle in einem mittelständischen Autohaus besorgt hatte. Die Zukunftschancen lagen wohl weniger in dem Bereich der Produktion, die wurde ja immer mehr ins Ausland verlegt, aber in den für die Reparaturen zuständigen Werkshallen. Die Händler mussten ihren Käufern eine zweijährige Garantie geben, falls es Probleme mit dem Neuwagen gab. Und die gab es oft. Hassan war ausgerastet, als Youssef nörgelte, wenn schon Automechaniker, dann bitte bei BMW.

»Was bildest du dir ein? Bist du größenwahnsinnig? Meinst du, die haben auf dich gewartet? Bei deinen Noten? Den Ausbildungsplatz hast du nur mir und meinem guten Ruf zu verdanken.«

Der geplatzte Traum einer Karriere als Profifußballer setzte Youssef immer noch zu. In Tanger hatte er sich einer Clique anschließen können, die ihn akzeptierte und wegen seiner Sprachkenntnisse und seiner Beziehungen nach Deutschland bewunderte. Für seine marokkanischen Freunde war Deutschland ein El Dorado. Ein Arbeitsvisum in Deutschland zu bekommen, davon träumten sie alle – so wie Youssef damals von einer Fußballerkarriere geträumt hatte. Endlich frei sein, Geld verdienen, viel Geld, ein großes Auto fahren, ein

Luxusleben führen. Sie wollten nicht in den Banlieues der französischen Städte leben, nicht in einem Hochhaus-Ghetto in Paris, sondern sie hofften auf ein Leben in Deutschland mit einem gutbezahlten Job. Für seine marokkanischen Freunde war Youssef ein Idol, einer, der es geschafft hatte. Natürlich hatte Youssef seine Position in der Clique genossen, hatte bei Freunden übernachtet, war immer seltener nach Hause zu seinen Großeltern gekommen.

Youssef saugte aus der arabischen und deutschen Kultur genau das, was ihm zurzeit behagte. Verständlich, nach den Demütigungen der letzten Jahre. Er wurde zum Macho. Aber zu einem Macho, der dem Großvater den Ring küsste, wenn der die Hände ausstreckte.

Als er aus Marokko zurückkam, erkannte ihn Corinna kaum wieder. Sie war zum Teil geschockt, aber auch eingeschüchtert. Nur Malika blieb völlig unbeeindruckt. Malika, die kleine Schwester, hübsch und selbstsicher, zuckte nur die Schultern über ihren Bruder, lachte sich kaputt über Youssefs Macho-Gebaren. Sie war klug und ehrgeizig, machte ein glänzendes Abitur, während Youssef nur mühsam seine Lehre zu Ende brachte und nicht übernommen wurde. Der Renault-Händler fand, er habe genug getan für seinen alten Kumpel Hassan. Den Sohn sah er als Versager.

Youssef trat schließlich in das Autohaus seines Vaters ein. Welche Alternative hatte er denn? Dass das deutsche Wirtschaftswunder für die Autohäuser vorbei war, das sahen Vater und Sohn genau. Die Konzerne, die nach fetten Jahren die Modernisierung verschlafen hatten und mittlerweile immer mehr Druck auf die Vertragshändler ausübten und sie zwangen, ein festgelegtes Kontingent an Autos abzunehmen, obwohl diese nicht wussten, ob sie die überteuerten Wagen überhaupt verkaufen konnten. Die Händler fuhren oft selbst japanische und koreanische Autos ihrer Zweitmarken, die jahrelange Garantien gaben, während sie für die europäischen, reparaturanfälligeren Wagen bei den Zulieferfirmen möglichst billige Ersatzteile bestellten, die dem Qualitätsstandard nicht standhielten und somit der Konkurrenz aus Asien nichts entgegenzusetzen hatten. Es gab Ärger mit den Kunden, das Geschäft brach ein. Autohäuser mussten Insolvenz anmelden oder hart um den Vertragsabschluss mit einem asiatischen Konzern kämpfen.

9
Hassan

Je älter Hassan geworden war, desto häufiger war er nach Marokko gefahren. Der Kontakt zu seiner Herkunftsfamilie intensivierte sich. Er fing an, immer öfter in die Moschee zu gehen. Corinna bekam Angst, als er sie bat, in der Öffentlichkeit ein Kopftuch zu tragen. Sie hatte ja in einigen Bereichen durchaus Kompromisse geschlossen. So verzichtete sie bei der Zubereitung der Mahlzeiten auf Schweinefleisch, zeigte bei Familienbesuchen in Tanger niemals nackte Haut, legte sich auf den marokkanischen Straßen ein Tuch über Kopf und Schultern. Den Schwiegervater begrüßte sie mit einem leichten Neigen des Kopfes, weigerte sich aber, den Ring zu küssen, den der Mann ihr immer wieder hinstreckte.

Energisch gewehrt hatte sich Corinna erst, als Hassan anfing, sich für seine Tochter Malika nach einer guten Partie umzusehen, einen marokkanischen Ehemann aus einer wohlhabenden Familie.

Wie lange hätte sie die Situation noch ausgehalten? Das war nicht mehr ihr Hassan, der junge Mann, in den sie sich vor fast vierzig Jahren unsterblich verliebt hatte.

Trotzdem war sie schockiert, als Hassan so plötzlich starb. Früh starb. Viel zu früh. Er war zehn Jahre älter als sie, trotzdem hatte sie nicht damit gerechnet, dass er Ende 60 während eines Besuches in Tanger einem Herzinfarkt erlag. Der eilig herbeigerufene Notarzt konnte nur den Tod feststellen. Alle Wiederbelebungsversuche waren fruchtlos. Hassan starb, ohne das Bewusstsein wiedererlangt zu haben.

Mit 22 Jahren übernahm Youssef den Betrieb. Corinna musste den angestellten Meister überreden zu bleiben. Sie hoffte nur, Youssef würde so klug sein, sich nicht als Chef aufzuspielen. Aber diese Hoffnung musste sie bald begraben. Youssef war auf einmal der einzige Mann in der Familie. Das Jahr in Marokko hatte ihn tiefer geprägt als alle früheren Erziehungsversuche von Corinnas Seite. Sie hatte versucht, ihren Kindern vorzuleben, dass Mann und Frau gleichberechtigt sind, dass die Probleme – die es sicher gab und immer geben würde – ausdiskutiert werden müssten. Dass Gewalt keine Option war. Hatte sie nicht durch ihr Beispiel gezeigt, dass auch eine Frau eine Ausbildung brauchte, um finanziell unabhängig vom Ehemann zu sein, ihr eigenes Geld verdienen konnte? Corinna hatte auf eine gleichberechtigte Partnerschaft gedrungen.

Natürlich hatten auch die Kinder gesehen, wie sich ihr Vater im Laufe der Jahre veränderte, wie autoritär und starr er geworden war. Aber bei seinen Kindern hatte sein Verhalten ganz unterschiedliche Reaktionen ausgelöst. Die kleine Tochter hatte mit kindlichem Schmusen ihren Vater immer wieder »rumgekriegt«. Als sie älter wurde und er ihr Beschränkungen auferlegen wollte, hatte sie sich entzogen. Einfach entzogen. Nach einem Schüleraustausch in Dijon hatte sie sich in ihrer Gastfamilie so wohl gefühlt, dass sie gebeten hatte, bleiben zu können. Corinna war wie vor den Kopf geschlagen, als die französische Gastmutter anrief, ihr die Situation erklärte und sagte, sie sei gerne bereit, Malika aufzunehmen. Corinna hatte abgelehnt, hatte gesagt, Malika sei zu jung für eine solch weitreichende Entscheidung.

»Vielleicht in ein paar Jahren, wenn Malika mit der Schule fertig ist.«

Corinna erzählte Hassan nichts von Malikas Wünschen. Sie wusste, dass er toben würde. Sie erklärte den Gasteltern die schwierige familiäre Situation. Glücklicherweise hatte die Gastmutter großes Verständnis, war selbst Mutter zweier Teenager-Töchter.

»Nach dem Abitur«, hatte Corinna ihre Tochter zu trösten versucht. »Nach dem Abitur darfst du in Frankreich studieren. Versprochen!«

Malika hatte geweint, war am Boden zerstört. Aber Corinna war hart geblieben. Vielleicht war es ein Fehler, Hassan nichts von dem Wunsch seiner Tochter zu erzählen, die Familie zu verlassen. Vielleicht hätte ihn das zum Nachdenken gebracht. Corinna wollte Dinge in Ruhe ausdiskutieren, niemanden verletzen, ein gemeinsames Agreement finden. Das ging mit Hassan nicht mehr. Dafür war es zu spät.

»Streite dich nicht immer mit deinem Vater«, riet sie ihrer Tochter. »Er liebt dich. Er will dein Bestes.«

»Pah, er lebt im letzten Jahrhundert, Mama! Warum lässt du dir gefallen, wie er dich herumkommandiert?«

»Das tut er nicht. Er ist ein lieber und rücksichtsvoller Mann!«

Ihre Worte waren wenig überzeugend. Malika verzog verächtlich die Lippen. Aber immerhin hielt sie sich zurück, vermied Streitgespräche, spielte die kleine Tochter. Corinna hoffte, Malika habe ihren Wunsch, in Frankreich zu leben, vergessen. Hatte sie aber nicht. Kaum hatte Malika das Abiturzeugnis in der Hand, ging sie zu ihrem Vater, küsste ihn auf die Wange und sagte:

»Danke für alles, Papa. Aber jetzt gehe ich nach Frankreich. Ich habe die Zulassung als Gaststudentin an der Uni in Dijon.«

Hassan war wie vom Donner gerührt. Brachte erst kein Wort heraus. Brüllte dann los:

»Wovon willst du denn leben?«

»Das lass mal meine Sorge sein«, antwortete Malika ruhig. »Meine Gastfamilie in Dijon erwartet mich. Morgen früh geht mein Zug.«

Corinna hörte Hassan die ganze Nacht im Haus hin- und hergehen. Am Morgen war er verschwunden. Er schaffte es nicht, seiner Tochter auf Wiedersehen zu sagen.

Corinna und Youssef brachten Malika zum Bahnhof.

»Sag Papa, ich habe ihn trotzdem lieb.« Malika rollte eine Träne über die Wange. »Aber ich halte es nicht mehr zu Hause aus.«

Corinna küsste ihre Tochter.

»Ich bin auch traurig. Aber ich bewundere deinen Mut. Du schaffst das. Und ich bin immer für dich da.« Und damit steckte sie eine Visa-Karte in Malikas Manteltasche. »Du kannst jederzeit zurückkommen, meine Kleine.«

»Danke, Mama, ich weiß!« Malika küsste ihre Mutter, auch den Bruder, der schweigend und mit hängendem Kopf die ganze Zeit neben ihnen gestanden hatte. Sie stieg in den Zug, winkte und verschwand.

Corinna musste zugeben, insgeheim hatte sie gehofft, Malika würde den Betrieb übernehmen, ihn in irgendeiner Art managen. Handwerkliche Fähigkeiten hatte ihre Tochter nicht, Autos würde sie nie reparieren können, aber intelligent war sie und organisiert. Mit ihr als Chefin und Buchhalterin im Familien-Unternehmen hätte der Betrieb eine gute Chance gehabt zu überleben, denn sie verstand sich gut mit dem Meister, zeigte ihm ihre Wertschätzung. Sie konnte hervorragend mit Menschen umgehen, wäre eine gute Chefin gewesen, von Kunden und Angestellten gleichermaßen geschätzt.

»Aber Mama, ich will nicht in einem KFZ-Betrieb arbeiten«, sagte Malika, als Corinna mit ihr über ihre Zukunftsängste sprach.

»Und was wird mit Youssef?«, fragte Corinna. Malika zuckte die Schultern.

10
Gerrit

Frühjahr 2016

Ein Kumpel aus der gloriosen Fußballzeit hatte Youssef eines Tages gebeten, sein Trauzeuge zu werden. Gerrit war nie ein Hoffnungsträger im Jugendkader von Werder Bremen gewesen. Er hatte als Jugendlicher ein gutes Ballgefühl, war schnell und einsatzbereit, aber er sah selbst, dass er nicht für eine Profikarriere geschaffen war. Auch seine Eltern begriffen bald, dass der Junge – bei aller Sportlichkeit – eigentlich lieber mit Werkzeug hantierte, in Radio- und Fernsehgeschäften die Monteure mit Fragen löcherte. Er schaffte den Sprung in die Oberstufe, wählte als Leistungskurse Sport und Physik, stellte aber schnell fest, dass er in Physik hart arbeiten musste. Diplomsportlehrer wäre er gern geworden, aber sein ehrgeiziger Vater drängte ihn dazu, es mit einem Maschinenbau-Studium zu versuchen.

»Viel bessere Berufsaussichten«, behauptete er. »Maschinenbauingenieure braucht man immer. Die werden gut bezahlt.«

Gerrit hatte nachgegeben, scheiterte allerdings beim ersten Versuch im Vordiplom. Der Vater gab nicht auf, setzte ihn finanziell unter Druck und zwang ihn zu einem zweiten Versuch, den er unter großen Mühen schaffte. Nun drohte das Hauptstudium.

Gerrit hatte sich eine große Anhänglichkeit zu seinen alten Sportskameraden bewahrt, besaß eine Dauerkarte bei Werder und lud überraschend einige alte Freunde zu seiner Hochzeit ein. Mit Youssef hatte er sich während der Schulzeit immer gut verstanden, auch wenn er ihn zeitweise aus den Augen verloren hatte.

Seine zukünftige Frau Fenna stammte aus Flensburg, wo der Vater eine gutgehende Spezialwerft für die Restauration von Oldtimer-Booten hatte. Fennas Eltern zeigten sich begeistert, einen Maschinenbauingenieur als Schwiegersohn zu bekommen. Der Hochzeit stand nichts im Wege.

Youssef ließ es sich nicht nehmen, seinen Freund Gerrit in einem fabrikneuen Renault Espace nach Flensburg zu chauffieren, auch wenn der Meister den Kopf schüttelte.

»Pass bloß auf, dass an den Wagen nichts drankommt«, brummte er. »Er ist so gut wie verkauft.«

Youssef winkte lässig ab. Was bildete der Alte sich eigentlich ein. Schließlich war er der Chef und konnte sich den Wagen aussuchen, den er wollte.

Bis Kiel nahmen sie die Autobahn, fuhren dann die B 76 über Eckernförde nach Schleswig mit einem Abstecher nach Kappeln entlang der Schlei. Die Sonne meinte es gut mit ihnen. Der Himmel war makellos blau, kleine Schäfchenwolken am Himmel. Ganz schön kitschige Szenerie, dachte Gerrit, während Youssef immer wieder anhielt, ausstieg und Fotos machte.

»Hier möchte ich wohnen«, sagte er und blickte auf die gelben Rapsfelder, die sich Anfang Mai in voller Blüte zeigten. In Kappeln legten sie eine kurze Pause ein, genossen den Bummel auf der Hafenpromenade, kauften wunderbar frische Fischbrötchen in einer kleinen Verkaufsbude in einer der malerischen Gassen der Innenstadt.

Youssef schlug seinem Freund auf die Schulter. »Mensch, Gerrit, du bist ein Glückspilz. Hier zu wohnen, das ist wie im Paradies.«

»Ich bin da nicht so sicher«, sagte Gerrit. »Ein Dirndl aus München wäre mir lieber gewesen.«

Youssef sah den Freund erstaunt an, schluckte aber eine Bemerkung hinunter. Die Fahrt dauerte länger, als Gerrit gedacht hatte. Youssef stieg aus, fotografierte Krokusse, Narzissen und die nicht enden wollenden, gelb leuchtenden Rapsfelder, die sich rechts und links der Bundesstraße ausdehnten, unterbrochen nur durch dunkelgrüne Wallhecken.

»Das sind Knicks«, erklärte Gerrit. »Sie bewahren den Geestboden vor Erosion, bieten Vögeln und kleinen Tieren Schutz und dienen manchmal zur Brennholzgewinnung.«

Youssef konnte sich nicht sattsehen an den roten Backsteinhäusern mit weißen Türen und Fensterrahmen, mit reetgedeckten Dächern und hölzernen Dachfirsten. Immer wieder trat er unvermittelt auf die Bremse, ignorierte das Gehupe der hinter ihm fahrenden Autos, zückte die Kamera.

»Ich kann nicht anders«, sagte er entschuldigend zu Gerrit, wenn wieder ein kopfschüttelnder, sich an die Stirn tippender Autofahrer an ihnen vorbeifuhr.

»Es ist so wunderschön hier. Ich muss das malen. Später. Deshalb die vielen Fotos. Zur Erinnerung.«

Gerrit sah ihn von der Seite an. »Sag mal, Youssef, ich wusste gar nicht, dass du malst. Zeigst du mir deine Bilder, wenn wir wieder zu Hause sind?«

Youssef zuckte die Schultern. »Nichts Besonderes. Habe ich in der Reha angefangen. Hat mir Spaß gemacht. Schon in der

Schule hat mich unser Zeichenlehrer gelobt. Er wollte, dass ich auch privat Zeichenunterricht nehme. Aber ich hatte neben dem Training keine Zeit. Mir war Fußball wichtiger.«

»Und jetzt, Youssef? Jetzt hast du doch Zeit. Wenn du eine künstlerische Begabung hast, mach was draus, Mensch!«

»Ich habe keine Zeit zu malen.« Youssef blickte starr geradeaus. »Das Autohaus läuft nicht besonders. Ich habe Angst, dass der Meister kündigt.«

»Youssef, hast du überhaupt Bock, Autos zu verkaufen?

Du würdest doch offensichtlich lieber fotografieren. Oder malen?«

»Diese Frage stellt sich mir nicht. Mein Vater ist tot. Alle haben erwartet, dass ich das Autohaus und die Werkstatt übernehme. Besonders meine Mutter. Ich will sie nicht enttäuschen.«

»Das verstehe ich nicht, Youssef. Du bist noch jung genug für eine Ausbildung. Du hast keine Frau. Keine Kinder. Für wen bist du verantwortlich?«

»Das Autohaus hat Tradition. Jeder kennt es. Ich muss weitermachen! Das wird von mir erwartet.«

»Warum, Youssef? Das ist dein Leben. Was würdest du denn am liebsten tun?«

»Fußball spielen.« Youssefs Antwort kam wie aus der Pistole geschossen.

»Den Traum kannst du wohl begraben. Aber das heißt nicht, dass du ein Autohaus managen und Autos reparieren musst.«

Youssef presste die Lippen zusammen, stieß schließlich hervor:

»Ich habe meine Eltern immer enttäuscht. Eine Sache muss ich jetzt durchhalten. Bitte, können wir das Thema wechseln?«

Gerrit hatte seine zukünftige Braut beim Skifahren in Sölden kennengelernt, eine hübsche, wohlproportionierte junge Frau, die mitreißend lachen konnte und eine exzellente Skifahrerin war. Sie hatte sich Hals über Kopf in den charmanten und gutaussehenden Gerrit verliebt und wich schon am ersten Abend in der Eisbar nicht von seiner Seite. Zu späterer Stunde nahm sie ihn mit aufs Zimmer.

Nein, es waren nicht unbedingt ihr weicher Körper, ihre großzügigen Rundungen, auch nicht ihre sexuellen Qualitäten, die Gerrit überzeugten, eher das Angebot, ihn mit ihrem Vater bekannt zu machen, der eine gutgehende, kleine Reparaturwerft für Oldtimer-Schiffe in Flensburg besäße. Gerrit hatte den Wert des Geldes immer begriffen, träumte – aus eher bescheidenen Verhältnissen kommend – von einem luxuriösen Leben, gierte als passionierter Segler nach einer eigenen Yacht, mit der er um die Welt reisen könnte. Nicht, dass ihm Fenna gleichgültig war. Er mochte sie wirklich: ihren kräftigen Körper, den er gern anfasste, die großen Brüste, zwischen die er seinen Kopf bettete, die kräftigen Schenkel, die sich um seinen Rücken schlangen, sodass ihm die Luft wegblieb. Er mochte ihre unbezwingbare Heiterkeit, die gute Laune, mit der sie alle Probleme weglachte und fast immer bekam, was sie wollte. All das bewunderte er an ihr. Aber liebte er sie? Das würde noch kommen, sagte er sich. Das war doch bei den meisten Paaren so. Fennas Vater war begeistert gewesen zu hören, dass er Maschinenbau studierte. Was konnte der Firma Besseres passieren?

»Sollte es mal abwärts gehen mit deinem Autohaus«, hatte Gerrit zu Youssef gesagt, als er vor einigen Wochen mit alten Freunden in einer Bremer Kneipe seinen Junggesellenabschied gefeiert hatte und sie bei einem zischenden Becks von alten Zeiten redeten, »dann mach es wie ich. Ein Kommilitone und ich fahren im Auftrag von irgendwelchen obskuren Gebrauchtwagenhändlern Unfallwagen nach Nordafrika. Die werden dort aufgemotzt und später teuer verkauft.«

»Illegal?«, fragte Youssef vorsichtig.

»Bist du verrückt? Darauf würde ich mich nie einlassen. Wir kriegen gültige Wagenpapiere, genügend Geld zum Essen und zum Tanken, eine Adresse, wo wir das Auto abzugeben haben, die Flugtickets und später einen Scheck aufs Konto, der sich sehen lassen kann. Bist du interessiert?«

Youssef winkte ab. »Überhaupt nicht. Mein Autohaus läuft nicht gut, das habe ich dir gesagt. Aber ich wurschtele mich durch. Es wäre für mich der reinste Horror, wenn ich mich in meiner Freizeit auch noch mit Autos beschäftigen müsste. Nein, danke für dein Angebot. Zur Zeit nicht!«

Gerrit nickte. »Ich kann dich sogar verstehen. Du bist ein seriöser Geschäftsmann und ich nur ein Student, der ein bisschen Kohle machen will und scharf ist auf ein paar exotische Reisen, die er sich sonst nicht leisten könnte. Sorry! Habe nur gedacht, das hätte Spaß gemacht. Wir zwei durch Europa bis Nordafrika. Die Strände dort müssen traumhaft sein, habe ich gehört. Wo du doch die Sprache kannst.«

Youssef lächelte. »Vielleicht später mal. Ich lade dich ein. Dich und deine zukünftige Frau. Versprochen.«

»Warum mit meiner Frau? Denkst du nicht, wir beide hätten ohne unsere Frauen mehr Spaß?«

Youssef schaute Gerrit ungläubig an.

»Ist das dein Ernst?«

»Nein, natürlich nicht«, sagte Gerrit und grinste.

Einer von Gerrits Freunden, der am Nebentisch saß und wohl gut zugehört hatte, mischte sich ein.

»Wenn Youssef nicht will, warum fragst du mich nicht?«

Gerrit winkte ab. »Nee, Finn. Du doch nicht. Das hast du doch gar nicht nötig, du reiches Unternehmersöhnchen. Dein Alter hat doch Kohle ohne Ende. Erzähl mir nicht, du brauchst Geld. Oder hat der Herrscher aller Reußen dich enterbt?«

Dröhnendes Gelächter vom Nachbartisch. Finns Blick bewölkte sich.

»Zu oft bekifft? Übernimmt nun deine superschlaue Schwester den Betrieb? Und du kriegst nur den Schrottplatz?«, stichelte einer der Kumpel am Nebentisch weiter.

Finn sprang auf, zornrot im Gesicht. »Arschlöcher!«, schrie er. Stieß den Stuhl zurück, der krachend zu Boden fiel, und ging schwankend zur Tür.

»Oder zu viel Suff?«, höhnte Gerrit. Die Kneipentür fiel krachend ins Schloss.

Für einige Minuten herrschte betretenes Schweigen, dann stieg der Geräuschpegel wieder an.

»Wer war das denn?«, fragte Youssef und schaute Gerrit verblüfft an.

»Unser Millionenerbe, Finn Löschner. Du weißt, der Sohn von dem Typen, dem an der ostfriesischen Küste fast alles gehört: Campingplätze, Ferienwohnungen, Krabbenkutter, Restaurants, Räuchereien und was noch alles. Der gute Finn ist wohl aus dem Ruder gelaufen. Zu viel Suff und Drogen und Dolce Vita. Aber ein netter Kerl. Sehr amüsant, wenn er nicht zu viel getrunken hat. Nun hat ihn der Alte wohl auf schmale Kost gesetzt. Finn hat den Gebrauchtwagenhandel in Papas Imperium übernommen. Seine Bewährungsstrafe. Er soll sich als guter Geschäftsmann beweisen, während Schwesterlein in der Zentrale im Büro sitzt und die Finanzen von Papa kontrolliert. Dass Finn stinkesauer ist, kann ich verstehen.«

»Und – nimmt er Drogen?«

Gerrit hob die Schultern »Weiß ich nicht. Ist mir auch egal. Mit Finn kann man viel Spaß haben. Echt. Und großzügig war der immer, ehe Papa ihm den Geldhahn abgedreht hat. Schade! Er kommt übrigens auch zu meiner Hochzeit.«

11
Glücksburger Hochzeit

Fennas Vater hatte für die Hochzeit seiner Tochter ein geradezu königliches Ambiente gewählt.

Gott gebe Glück mit Frieden, lautete die Inschrift über dem Eingangsportal von Schloss Glücksburg. Ein stilvoller Start in ein glückliches Eheleben, versprach die Werbebroschüre. Das Ja-Wort würden sich die Brautleute in der barocken Schlosskapelle geben. Ob das was nützt, fragte sich Youssef und dachte an das Gespräch mit Gerrit in der Bremer Kneipe. Die Preise für die Vermietung der Räume waren schwindelerregend. Das würde er sich nie leisten können. Aber versprachen diese ausufernden Feierlichkeiten wirklich eine glückliche Ehe? Wunderschöne Stuckarbeiten, kostbare Kristallleuchter, ein herrlicher Schlosspark als Kulisse für die Hochzeitsfotos, welche Garantie bot der ganze Luxus für ein harmonisches Zusammenleben? Für ein glückliches Eheleben?

Corinna hatte ihren Kindern ja oft erzählt, wie sie ihrem Vater begegnet war. Liebe auf den ersten Blick. Die glücklichen

Jahre in Deutschland. Der Aufbau des Betriebes. Die ersten Jahre mit den Kindern. Aber Youssef hatte noch im Ohr, wie die Eltern anfingen, sich nachts im Bett zu streiten, wenn sie glaubten, die Kinder schliefen fest. Am Anfang ging es immer um ihn, um seine schlechten Schulnoten, um seine gescheiterte Profi-Karriere. Später beklagte sich sein Vater über Malika, über ihren Eigensinn, über ihren Drang nach Freiheit. Er liebte Malika abgöttisch, aber er hätte sich eine gehorsamere Tochter gewünscht. Er bildete sich ein, er hätte den passenden Ehemann für sie gefunden. Corinna schüttelte den Kopf, versuchte zu schlichten.

Auch Youssef sah, wie konservativ sein Vater mit den Jahren geworden war. Seine Mutter hätte ihn nie geheiratet, wenn sie gewusst hätte, wie er sich entwickeln würde, da war Youssef sich sicher. Enden Ehen immer so? In Frust und Enttäuschung? War seine Mutter froh, dass sein Vater tot war? Hätte sie ihn eines Tages sowieso verlassen? Vielleicht sollte er einmal mit seiner Schwester über die Eltern reden. Aber die hatte bisher signalisiert, dass sie dazu keine Lust hatte. Malika hatte sich konsequent entzogen, führte ihr eigenes Leben. Und er? Hing fest in diesem verdammten Autohaus, das kaum noch Gewinn abwarf und ihn in Wirklichkeit überhaupt nicht interessierte. In welche Falle hatten ihn seine Eltern hineinmanövriert? Auch seine Mutter.

Fennas Vater hatte sich nicht lumpen lassen.

Über hundert Gäste waren geladen, das Essen war exzellent, die Band mitreißend. Und nachdem Gerrit den ersten Tanz mit seiner Braut absolviert hatte, fühlte sich Youssef an der Hand gefasst und vom Sitz gezogen von einer zierlichen Brünetten mit großen blauen Kinderaugen und einem kirschroten Mund voller blitzender weißer Zähnen. »Tanzt du mit mir?«

Youssef wollte den Kopf schütteln, er war kein guter Tänzer und im übrigen Mädchen gegenüber immer noch schüchtern, trotz seiner amourösen Abenteuer an marokkanischen Stränden. Er ließ sich von der Schönen auf die Tanzfläche ziehen, rockte mit ihr zu heißen Rhythmen und zog die junge Frau mutig an sich, als die Melodie schmusig wurde.

»Wie heißt du?«, flüsterte er und näherte sich ihrem kleinen, rosigen Ohr. »Ich heiße Youssef.«

»Ich weiß«, lachte ihn das Mädchen an. »Du bist der bestaussehendste Mann im Saal. Ich habe Gerrit gefragt, wie du heißt.«

Youssef war geschmeichelt und entzückt von dem hübschen, zupackenden Mädchen. Er verliebte sich über beide

Ohren in Annika, die – gewohnt zu bekommen, was und wen sie sich wünschte – beeindruckt war von ihrem attraktiven Tänzer.

»Komm doch nächstes Wochenende hoch zu unserem Gestüt in der Geltinger Bucht. Wir züchten Trakehner und Araber. Und Reiten bringe ich dir bei, Youssef«, sagte sie beim Abschied. »Wir haben eine große Reithalle und jede Menge Gastpferde in den Boxen, die wir ausleihen können. Mein Vater wird sich freuen, dich kennenzulernen.«

»Ich kann nicht reiten«, wollte Youssef sagen und überlegte, warum Annikas Vater sich freuen sollte, ihn kennenzulernen? Bei so einer hübschen Tochter müssten die Freier doch Schlange stehen. Er verdrängte den Gedanken, nahm sie in den Arm, fühlte sich im siebten Himmel, tanzte mit ihr die ganze Nacht. Nein, ins Bett ging sie nicht mit ihm. Versprach aber, da zu sein, wenn er am nächsten Wochenende wiederkommen würde. Youssef war berauscht, glücklich. Das war sie, die Frau seines Lebens. Er hatte sie gefunden.

Nur aus den Augenwinkeln nahm er wahr, wie sein Freund Gerrit seine äußerst attraktive Schwiegermutter über die Tanzfläche wirbelte. Ein hinreißendes Paar, das einen von der Combo instrumentalisierten Tango so sensationell tanzte, dass die anderen Tänzer die Tanzfläche verließen und dem Paar standing ovations zollten. Es entging ihm auch nicht, dass das Kleid der Schwiegermutter hell cremefarben und so elegant geschnitten war, dass fremde Gäste denken könnten, sie sei die Braut. Ist das ein guter Start in die Ehe, fragte sich Youssef.

»Fennas Stiefmutter ist nur zehn Jahre älter als sie selbst«, flüsterte Annika. »Reiche alte Männer leisten sich offensichtlich gerne junge, sexy Frauen. Aushängeschilder, findest du nicht auch?«

Youssef zuckte die Schultern und schwieg.

Finn Löschner sah er an diesem Abend nur von weitem. Er schien schon kurz vor Mitternacht sturzbetrunken zu sein und war dann plötzlich verschwunden. Zu einer Begegnung kam es nicht. Youssef war viel zu fasziniert von seiner blonden Schönen, um sie nur einen Augenblick aus den Augen zu lassen.

Am nächsten Wochenende kam er wieder. Natürlich kam er wieder. In einem knallroten Renault Megane Cabrio. Annika lehnte sich zurück im hellen Ledersitz, band ein Kopftuch um ihr langes hellbraunes Haar, lachte ihn an und er murmelte: »Du siehst aus wie Romy Schneider« und sie fragte

»Wer ist das denn, bitte?«

»Eine Lieblingsschauspielerin meiner Mutter. Sehr attraktiv!«

Annika lächelte zufrieden und genoss das flatternde Tuch und den warmen Wind auf der Fahrt nach Eckernförde, wo er sie im – laut Restaurantführer – besten Hafenlokal der Stadt zum Essen ausführte.

»Für meine Prinzessin ist nichts gut genug«, sagte er und küsste sie. »Wart's ab!«

»Schau die Hallberg Rassy dort im Hafenbecken«, sagte sie. »Mit dir über die Ostsee fliegen. Bis in die dänische Südsee. Ein Traum-Törn. Übrigens, hast du überhaupt einen Bootsführerschein?«

»Natürlich«, sagte Youssef, nickte und nahm sich vor, nachzuschauen, was ein Bootsführerschein war. Und wie man den schnellstens erwerben könnte.

Sie mache eine Ausbildung als Pferdewirtin, erzählte sie ihm. Ihr Bruder würde natürlich den Hof übernehmen.

»Aber« – hier lachte Annika ihr glockenhelles Lachen – »ich bin es, die Pferde wirklich liebt und ich bin eine gute Reiterin.«

Sie hob neckisch den Finger und Youssef fragte sich, ob das zweideutig gemeint war. Er war aber beruhigt, als sie fortfuhr: »Du musst wissen, ich habe schon Springturniere in der S-Klasse gewonnen. Reiten konnte ich immer besser als mein

Bruder. Und Pferdeställe habe ich mein ganzes Leben ausgemistet.«

Sie umarmte ihn heftig beim Abschied.

»Am nächsten Wochenende kommst du wieder, mein Schatz. Dann reiten wir aus. Ich gebe dir meine bravste Stute.«

Wieder lachte sie übermütig und gab ihm einen langen Zungenkuss, während sie seinen Arm beruhigend tätschelte. »Nur Mut, mein Bereiter!«

Corinna wunderte sich über die gute Laune ihres Sohnes. Sie sah seinen erwachenden Arbeitseifer, vermutete – dem Klischee folgend – eine Frau hinter dem veränderten Verhalten des Sohnes und hatte anfangs keine Einwände, wenn er Wochenende für Wochenende am Freitagabend verschwand und erst am Sonntag spät zurückkehrte. Bis, ja, bis der Meister sich beschwerte und behauptete, die Arbeit nicht mehr allein schaffen zu können. Youssef müsse mehr Aufträge übernehmen.

»Der ist verliebt«, sagte Corinna.

»Nicht mein Problem.« Der Meister zuckte mit den Schultern. »Ich schmeiße den Laden hier nicht allein.«

Corinna wusste, sie musste mit Youssef sprechen. Liebe hin oder her.

»Stell uns deine Freundin doch mal vor«, schlug sie vor. »Ich würde sie so gerne kennenlernen.«

Youssef zog die Brauen zusammen. Schaute seine Mutter verunsichert an.

»Warum willst du sie kennenlernen?«

»Ist es was Ernsthaftes?«, fragte Corinna zurück. »Vielleicht will sie ja auch deine Familie kennenlernen.«

»Warum sollte sie?« Youssef stellte sich bockig.

»Sind wir, bin ich dir peinlich?«, fragte Corinna.

Youssef verneinte heftig, wich aber ihrem Blick aus.

»Ist sie dir peinlich?« Das war definitiv die falsche Frage. Corinna sah, wie Youssef die Lippen zusammenpresste und störrisch schwieg.

»Der Meister will nicht mehr so viel Arbeit übernehmen«, versuchte es Corinna noch einmal. »Du musst mehr vor Ort sein. Du kannst doch deine Freundin mitbringen.«

»Mal sehen«, sagte Youssef. »Ich kann sie ja fragen.«

Annika hatte bereits am zweiten Wochenende die Initiative ergriffen und Youssef in ihr Bett geholt, ihn nach Strich und Faden verführt. »Hab keine Angst, für die Verhütung bin ich zuständig«, hatte sie geflüstert und ihn an sich gezogen, als er aufstehen und in seiner Reisetasche nach der Durex-Packung kramen wollte. »Alles gut!«

Hinterher kuschelte sie sich an ihn und hauchte in sein Ohr, sie liebe ihn mehr als jeden Mann vor ihm. Er sei der beste Liebhaber, den sie jemals gehabt habe. Dass das gelogen war, verstand auch Youssef, der nach ein bisschen Rumgefummel zu seinem Entsetzen sofort gekommen war. Annika hatte ihn zärtlich gestreichelt.

»Macht nichts, Liebling«, sagte sie. »Wir lieben uns. Nur das ist wichtig.«

Youssef fragte sich, wie viele Liebhaber sie vorher gehabt hatte, um Vergleiche anstellen zu können, hielt aber den Mund. Sie knabberte zärtlich an seinem Hals.

Beim Frühstück hatte Annika ihrem Vater den neuen Freund vorgestellt. Hand in Hand waren sie am Morgen zum Frühstück in den Wintergarten gegangen, wo eine Angestellte Tee aus einer silbernen Kanne goss und goldumrandete Teller mit Eiern und Speck auf köstlich duftenden Toastscheiben servierte. Ob es auch eine Hausherrin gab, hatte sich Youssef bisher nicht zu fragen getraut. Annikas Vater war – zumindest auf den ersten Blick – ein netter, jovialer Herr in den Sechzigern, der den neuen Freund seiner Tochter freundlich begrüßte und dann kritisch taxierte. Offensichtlich hatte Annika ihrem Vater schon berichtet, Youssef sei – trotz seines arabischen Namens – der Besitzer eines profitablen

Autohauses in Oldenburg, denn der alte Herr interessierte sich sehr für das Unternehmen, fragte nach Verkaufszahlen, nach dem Betriebskapital, nach den Zukunftsaussichten auf dem Markt. Youssef fühlte sich vorgeführt. Er war irritiert über die Fragen, die sich nur um Finanzen drehten.

Er wusste selbst, er war kein guter Geschäftsmann, er hasste es, mit Kunden zu verhandeln, ihnen Autos anzuschnacken, die er nie im Leben selbst gekauft hätte. Aber er war sensibel genug, um das Spiel zu durchschauen, das hier mit ihm gespielt wurde. Er hätte gern den Spieß umgedreht und Annikas Vater nach dessen finanziellen Rücklagen gefragt. Aber dazu fehlte ihm der Mut. Natürlich war ihm aufgefallen, dass zwar die Auffahrt zum Eingangstor perfekt gepflastert war, auch der steinerne Torbogen war so breit, dass jede Kutsche hätte passieren können. Aber gab es hier überhaupt Kutschen? Mit seinem scharfen Blick für ästhetische Einzelheiten hatte er durchaus bemerkt, dass die weiße Farbe an Türen und Fenstern des Haupthauses anfing abzublättern. Hier musste dringend restauriert und gestrichen werden. Er sah, dass die Ställe in keinem guten Zustand waren, schlampig ausgemistet, mit hängenden Pforten und abgebrochenen Latten. Die meisten Boxen waren verwaist. Ein paar ältliche Pferdeanhänger standen im Hof, und im neuen Nebengebäude schienen längst nicht alle Boxen vermietet zu sein. Annika hatte erzählt, sie mache eine Ausbildung als Pferdewirtin. Sie gebe regelmäßig Reitunterricht. Wie sah es aus mit den hochgelobten Reiterferien für Jung und Alt? Angeblich mit Unterkunft und Verpflegung. Und was war mit dem Zuchtbetrieb, der Geldquelle jedes ernstzunehmenden Gestüts? Der Coral im Innenhof war leer. Keine einzige Stute war zu sehen. Geschweige denn muntere Fohlen. Auf den Weiden sah es nicht besser aus. Youssef war nicht dumm, er hatte sich im Internet über die wirtschaftliche Lage von Pferdehöfen in Schleswig-Holstein informiert. Noch war es zu früh, ja, unhöflich, kritische Fragen zu stellen, es störte ihn aber, dass Annikas Vater so intensiv nach der finanziellen Situation des Autohauses fragte. Sollte er benutzt werden, um das Reitergut zu sanieren? Er verwarf diesen Gedanken sofort, als er Annika empört sagen hörte:

»Papa, nun hör auf. Youssef guckt schon ganz verschreckt. Wir sind nicht im 19. Jahrhundert, wo ein Vater seine Tochter an den meistbietenden Bewerber verhökern will. Das ist hier kein Geschäftsabschluss. Wir lieben uns. Wir wollen zusammen bleiben.«

Youssef schluckte. Wollte er das wirklich?

Annikas Vater ruderte zurück. Versuchte ein Lachen.

»Meine Süße, du weißt, ich will immer nur dein Bestes.«

Dramatisch wurde es, als am späten Abend der Bruder erschien.

»Wo hast du den Nigger aufgegabelt«?, hörte Youssef ihn fragen, als er unvermutet in der Küche auftauchte, in der Annika das Abendessen zubereitete.

»Das reicht«, sagte Annika, als sie Youssef im Türrahmen stehen sah. »Ich liebe Youssef, und er ist ein sehr attraktiver Mann. Zumindest sieht er viel besser aus als du. Guck mal in den Spiegel!«

12
Autoschmuggel

Nach einigen Monaten gestand Youssef seiner Mutter, die nicht locker ließ und ihn immer wieder mit bohrenden Fragen traktierte, dass Annika schwanger war.

»Sie hat gesagt, Verhütung sei ihre Sache«, stotterte er mit hochrotem Kopf. »Wie sollte ich wissen ...«

»Vergiss es«, sagte Corinna kurz angebunden. »Ich will keine Erklärungen. Aber vielleicht ist es an der Zeit, deine Annika einmal mitzubringen. Sie muss ja wissen, wo sie demnächst wohnen wird. Oder willst du jetzt einen Reiterhof managen?«

Youssef presste die Lippen zusammen. »Natürlich nicht, Mama. Außerdem habe ich den Eindruck, das Gut ist kurz vor dem Bankrott.«

»Wenn du so weitermachst, sind wir das bald auch!«

»Mama!«

»Du weißt genau, was ich meine. Hier arbeiten nur der Meister und ich. Und ich in Teilzeit. Ich will meinen Beamtenstatus nicht aufgeben, denn wir brauchen dringend meine

Pension, um die Firma aufrechtzuerhalten. Wie lange der Meister durchhält, wage ich nicht einzuschätzen. Zumindest zahle ich ihm ein fürstliches Gehalt. Denn eigentlich macht er deine Arbeit mit!«

»Mama!«

»Hör auf mit *Mama*! Mach die Augen auf und stell dich der Realität. Die Renaults verkaufen sich nicht gut, das weißt du. FEHLER IN ALLEN TEILEN! Ein Spruch, der früher nur für Fiat galt. Aber Fiat hat sich bekrabbelt. In der ADAC-Pannenstatistik belegt nun Renault einen der hinteren Plätze und versucht, sich durch elektronische Gadgets eine Marktnische zu erobern. Doch den Käufern bleibt nichts übrig als auf dem Armaturenbrett herumzutrommeln, wenn wieder einmal eines der elektronischen Geräte den Geist aufgibt. Da die Zulieferer mit Minimalpreisen gedrückt werden, liefern sie minderwertige Ware, um überleben zu können. Und du, statt dir ein zweites Standbein zu schaffen – zum Beispiel mit dem Verkauf von japanischen oder koreanischen Autos – machst den liebestollen Affen vor der Erbin eines insolventen Gestüts. Da staunst du, was? Auch ich habe mich erkundigt, mein Lieber. Deine Braut ist alles andere als eine gute Partie.«

»Mama, das höre ich mir nicht länger an. Ich liebe Annika und werde sie heiraten. Ob du willst oder nicht!«

»Ob ich will?« Corinna sah ihrem Sohn in die Augen. »Natürlich will ich. Ich will alles, was dich glücklich macht. Das Einzige, was ich will, ist, dass du dir die Situation klarmachst und Verantwortung übernimmst. Auch für das Kind, das demnächst auf die Welt kommt. Wo willst du eigentlich mit Annika wohnen?«

Youssef schluckte. »Ich dachte, ich dachte, unser Haus ist doch groß genug, da könnten wir doch alle ... «

»Deine Frau wird begeistert sein, mit der Schwiegermutter unter einem Dach zu leben. Und ich will das auch nicht. Ich werde mir eine kleinere Wohnung suchen.«

»Mama!«

»Hör auf mit *Mama*! Das habe ich dir schon einmal gesagt. Ich fühle mich zu jung, um meinen Lebensabend als nützliche Oma und ungeliebte Schwiegermutter zu beenden. Ich helfe dir im Moment weiter bei der Buchführung, aber auf Dauer musst du dich nach einer Fachkraft umsehen.«

»Mama!«

Corinna verließ das Wohnzimmer. Sie hörte nur noch Youssefs verwirrte Frage: »Hast du jemanden kennengelernt?«

Sie lächelte in sich hinein. Immerhin traute ihr Sohn ihr zu, ein neues Leben beginnen zu können. War sie herzlos?

Von Gerrit hatte Youssef fast zwei Jahre nichts gehört, und Youssef war erstaunt, als eines Tages das Telefon klingelte und der Freund sagte, er besuche gerade seine Eltern in Worpswede und würde Youssef gerne treffen.

Beim Melkhus im Teufelsmoor traf Youssef auf einen blassen, deprimiert wirkenden Gerrit, der sofort zur Sache kam. Sie hatten kaum ihren Becher mit Kaffee in den Händen, balancierten einen Teller mit selbstgebackenem Kuchen vorsichtig zum Stehtisch, da brach es aus Gerrit heraus. Er war zweimal durch die Matheprüfung gefallen, hatte sein Studium abgebrochen, aber weder seine Frau noch seinen Schwiegervater darüber informiert vor lauter Angst, ihm würden die monatlichen Zuwendungen gestrichen. Vielleicht sollte er sich lieber bei den Betriebswirtschaftlern einschreiben, deren Mathe-Scheine waren laut Hörensagen leichter zu bekommen. Er könnte sich in der Firma um die Finanzen und die potenziellen Käufer kümmern. Das würde ihm mehr Spaß machen, als alte Schiffe zu restaurieren und den ganzen Tag mit öligen Fingern durch die Gegend zu laufen. Auch in der Ehe lief nicht alles so, wie er es sich gewünscht hatte. Fenna wünschte sich unbedingt ein Kind, Gerrit eher nicht. Eigentlich wollte er sein Studium zu Ende machen, sich Zeit lassen mit der Verantwortung für eine Familie.

»Ich will nicht«, sagte Gerrit zu Youssef, »ich will nicht in diesem Trott von Arbeit und Verantwortung ertrinken. Außerdem« – er sah Youssef flehend an – »außerdem hat sich eine alte Freundin bei mir gemeldet und ich habe gemerkt, dass sie es ist, mit der ich zusammenleben will. Nicht mit Fenna. Nicht mit Fennas Familie. Nicht mit Fennas dominantem Vater. Nicht mit ihrer sexgeilen Stiefmutter, der ich mich kaum erwehren kann. Ich weiß, ich bin selbst schuld, habe nur einmal mit ihr geschlafen, nun verfolgt sie mich wie eine läufige Hündin.«

Youssef schaute ihn ungläubig an.

»Sorry, Youssef, aber das ist die Wahrheit. Es tut mir leid, wenn ich deine Gefühle verletze. Aber sie ist eine läufige Hündin. Wahrscheinlich bringt der Alte es nicht oft genug.«

Youssef schwieg. Nippte an seinem Kaffee. Ließ den Blick schweifen über die Weite des Moores, lauschte auf den Ruf der Kraniche, die in eleganter V-Formation über die Niederung flogen und einen sicheren Platz zum Landen suchten, möglichst im Niedrigwasser, um vor Feinden wie Füchsen, Dachsen, Wildschweinen und Marderhunden geschützt zu sein.

»Sie droht, sie werde alles ihrem Mann erzählen, wenn ich nicht ...« – Gerrit nahm einen Schluck Kaffee, schaufelte sich mit einem Löffel ein Stück der ausgezeichneten Mandarinen-Sahnetorte in den Mund. »Ich will nicht der Sklave dieser Werft sein. Fennas Familiennamen habe ich leider ja schon angenommen. Nun soll ich Erben zeugen. Ich will nicht! Nein! Nein! Und nochmals Nein!«

Gerrit schaute Youssef plötzlich skeptisch an. »Und was ist mit dir? Mit dir und Annika? Seid ihr noch zusammen? Wir haben uns ja ein bisschen aus den Augen verloren.«

Youssef überlegte, was er sagen sollte. Dass er Annika kurz vor der Geburt der Zwillingsmädchen geheiratet hatte? Ohne großes Brimborium. Kein rauschendes Fest wie damals bei Gerrit, dafür war gar kein Geld da. Dass auch er nicht glücklich war? Sich total überfordert fühlte? Dass er das Autohaus immer mehr zu hassen glaubte? Dass ihm das ewige Geschrei der Babies auf die Nerven gegangen war?

»Mir geht es auch nicht gut«, gab er schließlich zu. »Das Autohaus steht vor der Pleite. Annika ist mit den beiden Mädchen zurück auf das Gut ihres Vaters gezogen und überhäuft mich mit Vorwürfen, dass ich nicht genug verdiene, um sie und ihre Familie zu unterstützen. Ich bin ziemlich am Ende.«

»Ich wollte dir einen Vorschlag machen«, sagte Gerrit. »Erinnerst du dich an unser Gespräch in der Bremer Kneipe?«

Youssef nickte. Natürlich erinnerte er sich. Damals blickten sie noch optimistisch in die Zukunft. Nichts schien sie wirklich aufhalten zu können. Und nun die Bruchlandung.

»Ich hab dir damals von dem Angebot erzählt, beschädigte Luxusfahrzeuge nach Nordafrika zu bringen, sie reparieren zu lassen und wieder in Deutschland einzuführen.«

»Von Einführen hast du nichts gesagt.«

»Aber das ist doch der Clou. Wir holen die Autos aus Nordafrika ab und bringen sie in die EU, und zwar ohne 10% Zoll und 19% Einfuhrumsatzsteuer zu entrichten.«

»Wie soll das denn gehen?« Youssef war konsterniert.

»Ganz einfach. Drei Monate lang sind Autos von allen Abgaben befreit, wenn sie nur zur privaten Verwendung benutzt werden. Mein Kontaktmann sagt, das ist eine todsichere Sache, quasi ohne Risiko, denn es gebe genügend Gebrauchtwarenhändler, die uns die Autos zu horrenden Preisen abkaufen und dann an ihre Kunden weiterleiten. Du glaubst nicht, wie viele Männer besonders deine Kumpel mit Migrationshintergrund – hier sah er Youssef herausfordernd an – total auf diese SUVs stehen, natürlich nur auf die Edelmarken. Sie zahlen irre Preise für diese Autos, die natürlich immer noch weit unter dem Neupreis liegen. In den angesagten Vierteln der Großstädte bringen diese Poser mit röhrenden Motoren die Anwohner zum Wahnsinn.«

»Das sind nicht nur Ausländer«, wagte Youssef einzuwerfen. »Auch Deutsche, ich weiß, und nicht nur die Unterschicht, auch berühmte Fußballer wie …«

»Ich weiß, Youssef«, unterbrach Gerrit. »Ich bin kein Rassist. Diese Idioten brauchen das, um ihre Minderwertigkeitskomplexe zu kompensieren. Gefährlich wird es erst, wenn sie mit illegalen Autorennen noch eins draufsetzen. Youssef, du weißt, von welchen Leuten ich spreche. Aber hier liegt unsere Chance. Wir könnten uns eine goldene Nase verdienen. Viel mehr Geld scheffeln als in deinem Autohaus. Ich habe schon den Kontakt zu den entsprechenden Leuten aufgebaut. Guck nicht so erstaunt. Natürlich machen wir kleinen Leuchten das nicht privat. Hinter uns steht einer der mächtigsten Familienclans an der ostfriesischen Küste, der die ganze Sache organisiert. Man sucht jemanden wie dich, jemand, der arabisch spricht. Du kommst denen wie gerufen. Kein Risiko für uns. Wir führen die Autos ganz legal nach Europa ein, nur zur vorübergehenden Verwendung. Nichts Illegales, alles ganz korrekt. Übrigens, ich habe dich ins Gespräch gebracht.«

Wider Willen war Youssef elektrisiert. Kein Risiko, hatte Gerrit gesagt. Der war clever, der konnte die Lage einschätzen, wusste schon immer, wie man zu Geld kam. Mit diesem Deal wären auch alle seine Probleme beseitigt. Annika wäre zufrieden, könnte ihrem Kaufrausch nachgehen, so viele Klamotten für sich und die Zwillinge kaufen, wie sie wollte. Sie würde zurückkommen, das Haus in Oldenburg nach ihren Vorstellungen renovieren, endlich die schwarze Küche einbauen und die Fußbodenheizung legen, und er müsste ihr ewiges Gejammer nicht mehr anhören. Er würde das Gehalt des Meisters noch einmal erhöhen, denn der schmiss den Laden fast allein. So könnte auch der Meister profitieren und würde bleiben. Seine Mutter würde misstrauisch werden, aber damit würde er eben fertigwerden müssen. Schade, dass sie sich mit Annika nicht gut verstand. Sie fand, Youssef hätte eine tüchtige Geschäftsfrau als Partnerin gebraucht, was sie allerdings nicht offen äußerte. Aber Youssef sah, wie seine Mutter die Augen verdrehte, wenn wieder und wieder Amazon-Pakete angeliefert wurden. Die beiden Frauen würden sich auf Dauer arrangieren, allein schon wegen der kleinen Mädchen, die ja auch Corinna innig liebte.

Ja, er würde auf Gerrits Vorschlag eingehen. Zumindest probeweise.

Er konnte ja immer noch aussteigen. Wenn ihm die Sache zu heiß wurde.

13
Hinnerk Freese

Hinnerk Freese humpelte zurück in sein Zimmer auf der zweiten Etage. Er ignorierte den Fahrstuhl, klemmte die rechte Krücke unter den Arm, stabilisierte sich mit der rechten Hand am Handlauf und ging Schritt für Schritt die Treppe hoch. Übung musste sein. Übung und Selbstdisziplin, sonst kam er nie mehr auf die Beine. Und abnehmen sollte er auch. Unbedingt. Jedes überflüssige Pfund schade den Knochen, hatte der Orthopäde gesagt. Er hatte sich gehen lassen nach Ediths Tod, hatte versucht, mit Alkohol und Fertiggerichten die Einsamkeit zu ersticken, was seinem Bauch nicht sonderlich gut bekommen war. Ein missglückter Versuch, sich abzulenken von dem Traum, den sie beide geträumt hatten, von dem Wunsch, gemeinsam ein aktives und halbwegs gesundes Alter zu erleben. Endlich mehr Zeit zu haben für die spärlichen Freunde, die ihnen geblieben waren, das Versprechen wahr zu machen, die große Tochter und die drei Enkelkinder in San Francisco zu besuchen, wo sie nach ihrem Studium ihre große Liebe gefunden und geheiratet hatte. Die

Reise war an ihm gescheitert, das gab er zu. Sein Argument, er müsse sich im Urlaub von seiner kräfteaufreibenden Arbeit in der Polizeiinspektion erholen, war nur ein Alibi, um seine Phobie vor dem Fliegen nicht zugeben zu müssen. Dass Edith das durchschaut, aber nichts gesagt hatte, dafür war er ihr dankbar.

Liebe, liebe Edith. Vierzig Jahre waren sie zusammen gewesen, hatten zusammengehalten in guten und in schlechten Tagen, natürlich meistens auf Ediths Kosten. Sie hatte zurückgesteckt, immer wieder, hatte ihn gestützt und gehalten in seinem fordernden Job als Leiter der Polizeiinspektion in Wilhelmshaven. Oft hatte er ein schlechtes Gewissen Edith gegenüber gehabt, wenn er sie mal wieder bitten musste, auf seine Teilnahme an einem Familienfest, auf einen geplanten Kurzurlaub zu verzichten. Edith hatte übermenschliches Verständnis gehabt, ordnete sich in den meisten Fällen klaglos seinen Bedürfnissen unter, wurde nur wirklich böse, wenn er auch die Kinder immer wieder vernachlässigte, nicht pünktlich zur Einschulung kam, nicht zu Theateraufführungen erschien, in denen sie mitspielten, ihre sportlichen Erfolge nicht würdigte. An den Enkelkindern würde er alles wieder gutmachen, hatte er sich geschworen, und an Edith. Nach der Pensionierung, sagte er, dann hätte er ja viel Zeit. Zumindest hatte er das geglaubt. Die USA-Reise war gebucht, er hatte sie Edith zum 60. Geburtstag geschenkt. Eine gelungene Überraschung. Edith hatte ihn mit Tränen in den Augen umarmt. »Unser neues Leben«, hatte sie geflüstert und ihn geküsst. Und dann kam doch alles anders.

Hinnerk schaute hinaus auf den weiß-glitzernden See. Er setzte sich schwerfällig auf eine leere Bank, stellte die Krücken zwischen seine Beine und hielt sein Gesicht in die Sonne.

»Man soll nichts aufschieben«, hatte ein alter Freund geraten, ehe er qualvoll an einem Gehirntumor verstorben war. Aber Edith? Sie war kerngesund. Und wenn, ja, wenn sie nicht immer so eilig gewesen wäre, die Geschwindigkeit gedrosselt hätte, mit der sie in ihrem E-Bike über die Radwege raste, sich die Zeit genommen hätte, sich umzuschauen, als sie über die Kreuzung radelte, dann hätte sie den Laster hinter sich bemerkt, in dessen toten Winkel sie sich bewegte, und der genau in dem Moment nach rechts abbog, als sie mit unverminderter Geschwindigkeit geradeaus fuhr.

»Ihre Frau hat nichts mehr gemerkt. Sie war sofort tot.« Der Arzt hatte versucht, ihn zu trösten. Die nächsten Tage waren ein Alptraum. Hinnerk war am Boden zerstört. Für ihn hatte das Leben seinen Sinn verloren. Alle Wünsche, Träume, Versprechungen waren vom Winde verweht.

»Der Mensch denkt, Gott lenkt!«, hatte seine fromme Mutter immer gesagt. Er würde nie wieder in die Kirche gehen! Nie!

Nach der Beerdigung versuchte seine Tochter, ihn zu überreden, mit ihr nach Kalifornien zu fliegen, aber er lehnte ab. Das war das Geschenk für Edith. Was sollte er dort? Ohne Edith?

Die Tochter blieb noch eine Woche. Sie flehte ihn an, nicht allein in der Wohnung zurückzubleiben. Die Enkelkinder würden sich freuen, wenn Opa kommen und eine Weile bei ihnen wohnen würde. Auch der amerikanische Schwiegersohn rief an, versuchte, ihn dazu zu bringen, zusammen mit der Tochter nach Kalifornien zu fliegen. Vergeblich. Hinnerk verkroch sich wie ein angeschossener Wolf in seiner Höhle.

Es dauerte über ein Jahr, ehe er sich wieder hinaustraute ins Leben, das ihm ohne Edith so sinnlos erschien. Und dann fingen die Probleme mit der Hüfte an. Ganz rund gelaufen war er schon lange nicht mehr. Edith hatte ihn immer wieder gedrängt, zum Arzt zu gehen, sich röntgen zu lassen. Er hatte abgewunken. »Keine Zeit! Mach ich, wenn ich pensioniert bin.«

Jetzt war Zeit nicht mehr das Problem, aber das Leben selbst war zur Last geworden. Warum die Hüfte reparieren, eine Operation auf sich nehmen, wenn doch die Zukunft keine Hoffnung für ihn bereit hielt?

Es war seine jüngere Kollegin Rieke Breken gewesen, die ihn mit einer Fürsorglichkeit, die er dieser introvertierten, schwierigen Frau nie zugetraut hatte, immer wieder aufsuchte, Kuchen oder eine Flasche Wein mitbrachte, ihn zum Spazierengehen aufforderte. Und als er immer schlechter gehen konnte und diese Tatsache als Ausrede benutzte, warum er nicht laufen wollte, machte sie energisch einen Termin bei ihrem Orthopäden aus, der ihm auf dem Röntgenbild sein völlig zerfasertes Hüftgelenk zeigte und brutal sagte, ein kaputtes Hüftgelenk sei kein Todesurteil, aber er werde nach einer gewissen Zeit nur noch mit starken Schmerzmitteln leben können, weil er die Schmerzen nicht würde aushalten können. Dann bliebe letztlich nur das Pflegeheim, denn selbst versorgen könne er sich dann auch nicht mehr. Ob er, Hinnerk, wirklich bereit wäre, mit Ende 60 in ein Pflegeheim zu ziehen?

»Da springe ich lieber vom Balkon«, hatte Freese trotzig gesagt.

»Schlechte Alternative«, sagte der Arzt. »Wer sagt Ihnen, dass Sie dann tot sind?«

Hinnerk hatte nachgegeben. Die OP war komplikationslos verlaufen. Die heftigen Schmerzen waren schon am nächsten

Morgen verschwunden und er humpelte mit seinen Krücken die Krankenhausflure entlang. Nach einer Woche brachte ihn Rieke in die Reha-Klinik nach Bad Zwischenahn. Und die gefiel ihm. Gefiel ihm sogar sehr. Von seinem Zimmer und vom Speisesaal aus hatten die Patienten einen wunderschönen Blick auf das Zwischenahner Meer. Freese mochte auch die offensichtlich wenig gestressten Ärzte und die freundlichen Schwestern. Nach ein paar Tagen hatte er sich eingewöhnt, hinkte brav zu den physiotherapeutischen Anwendungen, freute sich über seine offensichtlichen Fortschritte und gewöhnte sich an, jeden Nachmittag nach dem vorgeschriebenen Fitnessprogramm einen Spaziergang zum See zu machen. Jede nähere Kontaktaufnahme seiner Tischnachbarn wehrte er ab. Der pensionierte Grundschullehrer, der es angeblich bis in die Behörde geschafft hatte und A14 bekam, ging ihm mächtig auf den Geist und die alte Dame, die am Anfang immer versucht hatte, ihn in ein Gespräch über Krankheiten einzubeziehen, hatte Gott sei Dank aufgegeben. Er schaltete ab, wenn die Tischgenossen sich in ihren Klagen zu übertreffen suchten, wie böse doch die Welt heutzutage sei. »Früher war alles besser«, hatte er einmal trocken gesagt und sich über die verunsicherten Blicke seiner Gesprächspartner amüsiert, die nicht wussten, ob ihr Gesprächspartner wirklich meinte, was er sagte. Aber man ließ ihn von da an in Ruhe.

Imponiert hatte ihm allerdings die Frau am Nebentisch, die so vehement für die Schlittschuhläufer eingetreten war. Wie hieß sie noch? Ach ja, Corinna! Es war das erste Mal seit Ediths Tod, dass er sich wieder zu einer Frau hingezogen fühlte. Ich war wohl ein bisschen forsch, dachte er, als ich ihr im Hinausgehen meinen Namen zurief. Er war immer noch verblüfft über sich selbst. Wahrscheinlich empfand sie ihn als aufdringlich. Aber sie hatte ihm ihren Vornamen genannt: Corinna.

14
Polizeiinspektion Oldenburg

In der Oldenburger Polizeiinspektion zückte der Oberkommissar Wolf Bennert sein Handy, um seine Chefin in Hannover anzurufen.

»Schön, dass du dich meldest«, sagte Petra Sambrowski. »Was hast du herausgefunden?«

»Ich kam gerade rechtzeitig und konnte mich an einem Einsatz im Oldenburger Hafen beteiligen. Männliche Wasserleiche. Schwarze Haare, eher dunkle Haut, keine Ausweispapiere. Die Obduktion steht noch aus. Fast gleichzeitig traf eine Vermisstenmeldung aus der Geltinger Bucht ein. Frau Annika Erekan sagte, ihr Mann melde sich nicht, auch die monatlichen Zahlungen seien ausgeblieben. Bei der Leiche könnte es sich um Youssef Erekan handeln. Das ist natürlich nicht sicher. Aber wir müssen jedem Verdacht nachgehen. Die Mutter von Youssef Erekan befindet sich nach einer Hüft-OP zurzeit in der Reha-Klinik in Bad Zwischenahn. Wahrscheinlich müssen wir sie zur Identifizierung einbestellen.«

»Wie schrecklich, Wolf. Wer überbringt ihr die Nachricht?«

»Im Moment ist ein pensionierter Kriminalhauptkommissar aus Wilhelmshaven ebenfalls in der Reha. Vielleicht erleichtert das den Versuch, Kontakt mit Frau Erekan aufzunehmen und sie in die Rechtsmedizin zu begleiten, um die Leiche zu identifizieren.«

»Wolf, bitte, kannst du zurückkommen? Noch heute Abend? Ich kenne Corinna von früher und möchte selbst nach Bad Zwischenahn fahren. Vielleicht klingt es naiv, aber ich hoffe, dass ich Corinna Erekan helfen kann, die schreckliche Nachricht zu verarbeiten. Ihr Sohn ist womöglich umgebracht worden, vielleicht kann sie dazu beitragen, Licht in das Dunkel krimineller Aktivitäten zu bringen. Ich glaube nicht, dass es nur um private Autoverschiebereien geht und vermute, da sind ganz andere Akteure am Werk. Wenn du ab morgen hier den Dienst übernehmen könntest, breche ich sofort auf. Ich wäre dir sehr dankbar.«

»Alles klar, Petra«, sagte Wolf Bennert und war überrascht über ihr Mitgefühl mit einer alten Freundin, mit der sie schon seit ewigen Zeiten keinen Kontakt mehr hatte. Er packte seine Sachen und fuhr nach Hannover zurück, auch wenn keine Zeit mehr war, Rieke Breken zu überreden, sich von ihm zum Essen ausführen zu lassen. Na, vielleicht ein anderes Mal.

Petra war eine versierte Autofahrerin. Den jungen Polizeianwärter, der sie begleitete, wies sie auf der total verstopften A7 an, auf den nächsten Parkplatz zu fahren, setzte sich selbst ans Steuer und schaltete das Blaulicht an. Sie achtete nicht auf den entgeisterten Blick des jungen Mannes, denn es lag ja kein Notfall vor. Die Blechlawine vor ihnen bildete eine Rettungsgasse.

»Besondere Umstände erzwingen besondere Maßnahmen«, behauptete sie und lächelte ihren Beifahrer an, der sich mittlerweile mit beiden Händen am Armaturenbrett festhielt. »Keine Angst!«

Die Frau konnte fahren, das musste er zugeben. Als die Chefin auf der A 27 Richtung Bremen das Blaulicht ausschaltete, atmete er tief durch, legte die verkrampften Hände auf die Oberschenkel und versuchte, sich zu entspannen. Petras Handy klingelte, aber immerhin nahm sie das Telefongespräch nicht selbst an, checkte nur den Namen des Anrufers, nickte dem Kollegen zu und bat, sich an ihrer Stelle zu melden. Was der auch erleichtert tat, da er unter allen Umständen verhindern wollte, dass Frau Sambrowski eine Hand vom Steuer nahm. Hauptkommissarin Rieke Breken meldete sich aus Oldenburg und informierte Petra, dass man den pensionierten Hauptkommissar Hinnerk Freese über die

Sachlage informiert habe. Er war bereit, die Kollegin aus Hannover und Corinna Erekan in die Rechtsmedizin zu begleiten. Man solle ihn rufen lassen, er sei nach dem Mittagessen auf seinem Zimmer.

War das eine gute Idee oder nicht? Petra Sambrowski war sich nicht sicher. Wie konnte ein pensionierter Kriminalkommissar helfen? Petra war keine Frau, die sich auf das besondere Einfühlungsvermögen von Männern verließ. Aber es gab ja vielleicht Ausnahmen.

Petra stellte den Wagen auf dem Parkplatz vor dem Klinikum ab. Wow, welch eine wundervolle Lage, dachte sie. Die Reha lag direkt am Zwischenahner Meer. Ein helles einladendes Gebäude, dessen Fenster im Sonnenlicht funkelten. Es hatte in den Tagen vorher geschneit, aber die Wege vom Parkplatz zum Hauptgebäude waren geräumt. Da die Zahl der Besucher in allen Kliniken rigoros beschränkt worden war, schlug sie dem jungen Kollegen vor, einen Spaziergang zu machen, sich die Stadt anzusehen und sich einen Kaffee-to-go zu besorgen, denn das müsste in einem Touristenort wie Bad Zwischenahn auch in Corona-Zeiten möglich sein. Sie würde ihn anrufen, wenn sie aus der Rechtsmedizin zurück sei.

Leider war auch das zur Klinik gehörige gemütliche Rosencafé geschlossen. Petra lief am Gebäude vorbei, um einen Blick auf den vereisten See und die Schlittschuhläufer zu werfen, die in eleganten Bögen übers Eis kurvten. Weiter draußen kreuzten sogar Eissegler, und Petra stellte sich vor, wie gerne sie jetzt über den weißgepuderten, gefrorenen See gleiten würde.

Rechts neben dem Hauptgebäude lag das Wellenbad, in dem sich in Corona-freien Zeiten Patienten und zahlende Gäste tummeln konnten. Petra spähte durch die bis zum Boden reichenden Glasscheiben. Welch ein Vergnügen, hier in denwarmen Wellen zu plantschen und den traumhaften Blick auf den See zu genießen. Sollte ich jemals eine Hüft- oder Knie-OP brauchen, überlegte sie, dann wäre Bad Zwischenahn die richtige Adresse. Unwillig schüttelte sie den Kopf. War sie verrückt geworden? Sie wollte keine OP, auch keine Reha in Bad Zwischenahn. Auf jeden Fall nicht in naher Zukunft. Sie machte sich auf den Weg zum Haupteingang, kramte ihren Ausweis und ihren Impfpass heraus, setzte die Maske auf und wappnete sich innerlich für das schwierige Gespräch mit Corinna.

Der ehemalige Polizeihauptkommisar Hinnerk Freese schien ein sympathischer Mann zu sein., dachte die Kommissarin, nachdem sie die Corona bedingten langwierigen Eintrittsformalitäten hinter sich gebracht hatte. Nicht der

Polizeiausweis, sondern die Erfüllung der 2G-PlusRegel und die vorgeschriebene FFP2-Maske verschafften ihr den Zugang in die Klinik. Hinnerk Freese hatte wohl schon einige Zeit im Eingangsbereich auf sie gewartet. Er zeigte nicht das leiseste Zeichen von Ungeduld, kam mit ernstem, aber freundlichem Gesicht auf sie zu und sagte, er sei über die Sachlage informiert und bot an, sie und Frau Erekan zum Rechtsmedizinischen Institut zu begleiten. Er wolle Corinna in dieser schwierigen Situation nicht allein lassen. Vielleicht könne man zu zweit den Schock etwas abmildern, wenn sich der Verdacht, dass die im Hafen aufgefundene Leiche als Youssef Erekan identifiziert wurde, bewahrheiten würde.

Petra nickte und sagte mit entwaffnender Offenheit: »Gerne, Kollege Freese! Ich wäre Ihnen für Ihre Hilfe dankbar. Ich selbst habe Corinna seit über dreißig Jahren nicht mehr gesehen und fürchte mich ein wenig vor dem Gespräch.«

Sie nahmen im Besucherzimmer Platz und warteten. Man hatte Frau Erekan benachrichtigt, dass die Kriminalpolizei mit ihr sprechen wolle. Frau Erekan sei auf dem Weg, teilte die Angestellte am Eingangstresen mit. Auch sie wirkte betroffen.

Hinnerk Freese stand auf, als Corinna das Zimmer betrat. Sie war blass, hatte Angst, das sah man ihr an. Wieso wollten die Polizisten sie so dringend sprechen? Hinnerk Freese rückte ihr den Stuhl zurecht und sagte leise:

»Du kennst Frau Sambrowski? Polizeihauptkommissarin Petra Sambrowski von der Zollfahndung Hannover.«

Corinna wollte erst den Kopf schütteln, dann weiteten sich ihre Augen.«Petra! Bist du es wirklich? Wie schön dich zu sehen.«

Doch dann fingen ihre Lippen an zu zittern.«Du hast einen Grund, hierher zu kommen, nicht wahr? Ist was mit Youssef?«

»Bitte, setz dich Corinna!« Petra nahm Corinnas Hand, führte sie zu der hellen Besuchercouch, setzte sich neben sie und legte eine Hand auf ihren Arm. Corona hin oder her. Menschliche Nähe, Mitgefühl, das war doch das Wichtigste, was sie ihrer alten Freundin im Moment geben konnte.

»Wir haben eine schlimme Nachricht für dich, Corinna. Wir haben einen Toten im Oldenburger Yachthafen gefunden. Männlich. Es besteht der Verdacht, dass es dein Sohn sein könnte.«

Freese hob hilflos die Hände. »Seine Frau Annika hat ihn als vermisst gemeldet. Auch die Unterhaltszahlungen seien ausgeblieben. Bisher ist es nur ein Verdacht, Corinna. Wir sind auf deine Hilfe angewiesen.«

Corinna verlor die Fassung. »Das kann nicht sein. Wieso im Oldenburger Yachthafen? Was soll er da gemacht haben? Er hat sich nie besonders für Schiffe interessiert. Ist er in das Hafenbecken gefallen und ertrunken? Er war doch ein guter Schwimmer.«

»Langsam, Corinna«, sagte Petra mit ruhiger Stimme. »Der Mann ist sehr wahrscheinlich gestoßen worden. Ob lebendig oder tot, wissen wir nicht. Aufgrund einiger Indizien wird nun vermutet, dass es dein Sohn Youssef sein könnte. Ich bin heute Morgen aus Hannover gekommen, um dir die Nachricht persönlich zu überbringen. Du musst mit uns in die Rechtsmedizin, um die Leiche zu identifizieren. Deswegen bin ich hier.«

Petra schwieg abrupt. Sie wollte Corinna keine großen Hoffnungen machen.

»Ich habe es geahnt«, sagte Corinna. Tränen rannen über ihr Gesicht. Sie wischte sie mit dem Handrücken fort.

»Ich will euch und mir nichts vormachen. Mir ist seit langem klar, dass etwas völlig schief läuft in Youssefs Leben. Aber ich wusste nicht, wie ich ihm helfen sollte. Ich bin schuld.«

»Es geht nicht um Schuld«, sagte Hinnerk Freese leise. »Du bist sicher nicht schuld an Youssefs Tod. Falls es überhaupt Youssef ist, der gefunden wurde.«

Corinna war so bleich, dass sowohl Petra Sambrowski als auch Hinnerk Freese fürchteten, sie würde ohnmächtig werden. Sie täuschten sich.

»Ich will genau wissen, was passiert ist«, sagte Corinna mit brüchiger Stimme und richtete sich entschlossen auf. »Ihr müsst mir nur versprechen, mir nichts zu verheimlichen.«

»Wir werden dir nichts verheimlichen, Corinna. Bestimmt nicht. Aber im Moment wissen wir auch noch nicht viel. Du musst erst einmal den Toten identifizieren. Aber mach dir bitte nicht zu viel Hoffnung, die Kollegen von der Wasserschutzpolizei sind sich der Identität des Toten ziemlich sicher.«

»Machte Youssef in letzter Zeit einen verzweifelten Eindruck? Kennst du seine Freunde? Hatte er Feinde?«, fragte Hinnerk Freese.

»Ich weiß nicht«, sagte Corinna leise. »Früher, in seiner aktiven Zeit als Fußballer hatte Youssef viele Freunde. Er brachte die Jungs häufig mit nach Hause. Ich kutschierte ihn und seine Kameraden oft zu den Spielen. Nach seiner Verletzung trieb er sich mit einigen Typen herum, die er uns nie vorgestellt hat. Pubertär, wie er damals war, ging es wohl um Alkohol, vielleicht auch um Haschisch. Ich bin nie richtig dahintergekommen. Youssef wurde immer verschlossener.«

Corinna schaute Petra verunsichert an.

»Erzähl weiter! Alles, was du weißt. Vielleicht können wir uns dann erklären, was passiert ist.«

»Vor zwei oder drei Jahren tauchte auf einmal dieser Gerrit Mayerdierks auf, der ihn zu seiner Hochzeit nach Glücksburg einlud«, fuhr Corinna fort. » Dort hat Youssef auch Annika kennengelernt, seine jetzige Frau. Seitdem ist mir mein Sohn immer fremder geworden. Seit einem halben Jahr ist er fast nie zu mehr Hause, ist oft unterwegs in Marokko. Der Meister droht mit Kündigung. Annika – Youssefs Frau – ist vor ein paar Wochen mit den Zwillingen zurück in die Geltinger Bucht auf das Gut ihres Vaters gezogen.«

Corinna machte eine Pause, dachte nach. »Doch in letzter Zeit scheint Geld hereingekommen zu sein, ich weiß nicht, wie. Youssef hat mir vor ein paar Wochen gesagt, Annika werde zurückkommen. Und ...« – sie schaute Petra und Hinnerk verunsichert an – »da habe ich noch mehr Angst bekommen und gedacht, da stimmt was nicht.«

»Corinna, wir haben versprochen, dir die Wahrheit zu sagen. Aber, bitte, einen Schritt nach dem andern. Wir müssen erst sicher sein, dass es überhaupt Youssef ist, dessen Leiche geborgen wurde. Erst dann können wir versuchen herauszufinden, was überhaupt passiert ist. Aber du weißt, als seine Mutter musst du überhaupt keine Aussage machen, die in irgendeiner Weise deinen Sohn belasten könnte. Natürlich wären wir dankbar, wenn du uns hilfst.«

»Lass uns in die Rechtsmedizin fahren, jetzt gleich!« Corinna erhob sich. »Vielleicht ist es gar nicht Youssef!«

Petra Sambrowski und Hinnerk Freese wechselten einen hilflosen Blick. Und jeder wusste, was der andere dachte: Es ist die Hoffnung , die zuletzt stirbt.

15
In der Rechtsmedizin

Polizeioberkommissarin Rieke Breken fuhr mit quietschenden Reifen auf den Parkplatz vor dem Rechtsmedizinischen Institut, hetzte zum Eingang und erreichte die Gruppe um Petra Sambrowski, ehe sich die dunkle Glastür schloss. Sie öffnete den Mund, um sich für ihr spätes Erscheinen zu entschuldigen, hob aber dann nur hilflos die Schultern und folgte den Kollegen.

Leider behielten die Polizeibeamten mit ihrer Befürchtung recht, es könne sich bei dem Toten um Youssef Erekan handeln. In der mit Formaldehyd durchtränkten Atemluft des Obduktionsraumes stand Corinna fassungslos vor der Leiche eines jungen Mannes, den sie als ihren Sohn Youssef identifizierte. Es bestand überhaupt kein Zweifel, denn Gesicht und Körper waren gut erhalten. Fingerabdrücke hatte man zur Sicherheit abgenommen, obwohl spätestens zu diesem Zeitpunkt kein Zweifel mehr an der Identität des Toten bestand.

»Hat er sich umgebracht?«, fragte Corinna mit erstickter Stimme.

Der Pathologe schüttelte den Kopf. »Sehen Sie«, erklärte er der Mutter, »das war kein Selbstmord. Hier, unterhalb der vierten Rippe, die Einstichstelle einer Nadel. Hat der Kollege an Bord sicher übersehen. Sie ist ja auch winzig. Man hat ihm ein Barbiturat gespritzt und ihn dann ins Wasser gestoßen, wo er ertrunken ist. Er hat wahrscheinlich nicht viel gemerkt, kann ich zu Ihrer Beruhigung sagen. Ich gehe davon aus, dass er nicht gelitten hat. Der überraschte Ausdruck in seinem Gesicht zeigt, dass er von der Situation völlig überrumpelt wurde, vielleicht den Angreifer erkannt hat. Das endgültige Resultat der Obduktion steht allerdings noch aus.«

Der Arzt machte eine knappe Verbeugung, zuckte hilflos mit den Schultern, sah Corinna Erekan an, murmelte: »Mein Beileid. Es tut mir sehr leid!« und ließ die Gruppe allein.

»Bitte, tut mir einen Gefallen, lasst mich allein«, sagte Corinna. »Gebt mir noch fünf Minuten mit meinem Jungen. Ich will nur noch ein paar Minuten bei Youssef sitzen. Abschied nehmen. Ich habe ihn liebgehabt. Trotz allem.«

Hinnerk Freese wirkte unschlüssig, Petra aber winkte die Kollegen mit einer Handbewegung aus dem Raum.

Still schaute Corinna ihren Sohn an. Strich eine widerspenstige schwarze Locke aus seinem Gesicht. Betrachtete noch einmal seinen athletischen Körper, der einst so traumhaft mit dem Ball umgehen konnte. Sah die langen Arme und Beine und die kräftigen, großen Hände. Er hätte auch einen guten Torwart abgeben können, einen Torwart, der bereit war, sich auch auf einen aus kurzer Entfernung geschossenen Ball zu stürzen, ihn im Flug aufzuhalten, ehe er im Netz hing. Sie sah den kleinen schmusigen Jungen auf ihrem Schoß sitzen, wie er sich an sie schmiegte, wenn der Vater schimpfte. Hätte ich besser auf ihn aufpassen müssen, fragte sie sich. Niemals erlauben dürfen, dass er in die KFZ-Lehre gezwungen wurde, gedrängt vom Vater, dessen Lebenswerk weiterzuführen? Hätte sie sich von Hassan trennen müssen, um den Sohn zu schützen? War sie schuld an Youssefs Tod? Corinna war nicht religiös, aber sie faltete die Hände, murmelte das Vaterunser, das tief aus ihrem Unterbewusstsein aufstieg. So hatte sie mit ihrer Mutter gebetet am Totenbett des Vaters. Und Trost gefunden. Zumindest für einen Augenblick.

» Ob Youssef seinen Mörder gekannt hat ?« Rieke Breken wandte sich an ihre Kollegen, als sie draußen auf Corinna Erekan warteten. »Youssefs Gesicht zeigt keine Angst, nur Überraschung.«

»Ich bin mir nicht sicher«, überlegte Petra Sambrowski. »Vielleicht sieht es nur so aus. Natürlich gibt es in fast allen Fällen von vorsätzlichen Tötungsdelikten einen Zusammenhang zwischen Täter und Opfer. Aber es gibt auch Auftragsmorde. Übers Darknet leicht zu organisieren. Auf jeden Fall muss Youssefs Umfeld genau unter die Lupe genommen werden.«

»Vielleicht müssen wir das Landeskriminalamt einschalten«, sagte Rieke.. »Wir müssen herausfinden, wer Youssefs Freunde waren, wie es in seiner Ehe aussah. Wer ihn womöglich hasste. Oder fürchtete.«

»Wir wissen nicht, wie sein berufliches Umfeld aussah. Womit er in letzter Zeit so viel Geld verdiente«, ergänzte Freese. »Wir haben nur einen Verdacht, mehr nicht. Corinna wird viele quälende Fragen beantworten müssen. Hoffentlich steht sie das durch. Aber ich denke, sie ist eine starke Frau. Vielleicht sollte sie ihre Tochter in Frankreich benachrichtigen.«

Petra sah ihn erstaunt an. »Corinna hat eine Tochter in Frankreich?«

»Ja, in Dijon. Malika ist mit einem Franzosen verheiratet und hat drei Kinder. Corinna sagt, die Tochter habe sich rechtzeitig abgeseilt. Sie hätte den autoritären Vater nicht mehr ertragen können.«

Freese zuckte die Achseln und wandte sich Corinna zu, als er sah, dass die Tür zur Pathologie mit einem leichten Knarzen aufging. Er legte einen Arm um ihre Schulter und geleitete sie zum Wagen.

16
Am Zoll vorbei

»Nein«, schrie Gerrit. »Nein!«

Er fuhr aus den Kissen hoch. Sein Schlafanzug war schweißnass. Youssef hatte gesagt, er wolle aussteigen, war so für alle zur Gefahr geworden. Dabei hatte alles so harmlos angefangen. Sie hatten zusammen große Luxuskarossen – meistens Unfallwagen – zur Reparatur nach Nordafrika gebracht, ausgestattet mit genügend Geld für Benzin, Essen und Übernachtungen und mit einem Rückflugticket in der Tasche.

»Zum Aufwärmen«, hatte der Kontaktmann geflötet. »Zum Kennenlernen der wichtigen Details.«

Ihnen war klar, dass sie getestet wurden. Auf ihre Zuverlässigkeit, auf ihre Improvisationsfähigkeit, auf ihre Bereitschaft, sich auch auf Dinge einzulassen, die nicht legal waren. Finanziell wirklich attraktiv wurde die Sache erst, als sie die aufgemotzten Autos in Tanger, Casablanca, Tunis oder Algier abholten, um sie zurück nach Europa zu bringen. Die teuren Karossen, die sie in Nordafrika übernahmen, sahen alle aus wie neu, die Unfallschäden waren beseitigt, der Motor überholt, der Tacho zurückgedreht worden. Schritt für Schritt gerieten die Männer in den Sumpf krimineller Aktivitäten. Anfangs kannten sie nur den Kontaktmann. Die Clanchefs selbst – und es ging vermutlich um einen oder mehrere nordafrikanische Familienclans in Ostfriesland, deren Mitglieder sich das lukrative Geschäft mit hochpreisigen Unfallautos aufgeteilt hatten – blieben im Hintergrund.

Gerrit und Youssef reagierten bei den Grenzkontrollen immer souveräner, erzählten glaubhaft etwas von dreimonatiger privater Nutzung, wie man es ihnen eingebläut hatte, und so konnten die billig eingeführten Luxuskarossen mit großem Gewinn für die Händler verkauft werden. Clevere Anwälte wuschen die illegal erworbenen Gelder mit dem Kauf von Immobilien. Auf die Banken war Verlass. Schwarzgeld-Paradies Deutschland.

Der Verdienst war tatsächlich höher, als sie erwartet hatten. Man war wohl mit ihnen zufrieden, besonders mit Youssef, dessen Arabisch ihnen aus manch einer heiklen Situation half, wenn die Zollbeamten in Tunis, Algier oder Tanger zu unverschämt wurden, wenn sie die Hand aufhielten, um die Bestechungsgelder für die Aus- oder Einreisepapiere zu kassieren. Auch Youssefs Kenntnisse als Kfz-Mechaniker waren hilfreich, sollte es irgendwelche Probleme mit dem Auto geben und sie im Nirgendwo stranden. Von Tour zu Tour erhöhten die Verbindungsmänner die Zahlung. Deshalb betrachteten Youssef und Gerrit die Auftragsfahrten bald als willkommene Urlaubsreisen. Sie übernachteten in teuren Hotels, flirteten mit wunderschönen Mädchen, luden diese ein, über Nacht zu bleiben. Darauf bestand Gerrit vehement, auch wenn Youssef ein schlechtes Gewissen hatte.

»Was willst du, Youssef«, sagte Gerrit. »Deine Annika ist doch abgehauen, nicht du. Warum solltest du dir Gedanken machen? Meinst du, sie kriecht jeden Abend brav in ihr eigenes Bettchen?«

Wie sollte er Gerrit klarmachen, dass er Annika immer noch liebte, sie unbedingt zurückhaben wollte, koste es, was es wolle. Er sehnte sich nach einem harmonischen Familienleben, vermisste seine kleinen Töchter, war bereit, alles zu tun, um seine Frau zurückzugewinnen.

Aber Youssef zu überzeugen war noch nie schwer gewesen. In Marokko fühlte er sich wieder jung und stark und begehrenswert. Es waren glückliche Wochen, auch wenn seine Mutter ihn misstrauisch ansah, wenn er zurückkehrte. Der Meister murrte auch, aber den konnte er mit einigen großzügigen Scheinen zufriedenstellen. Er hasste das piefige Autohaus und die Buckelei vor den Kunden, ganz zu schweigen von dem

Dreck an den Händen in der Werkstatt. Der Joint hin und wieder tat gut. Der marokkanische Stoff war ausgezeichnet, obwohl er sich geschworen hatte, sich nie wieder mit Drogen zu betäuben.

Mit Annika telefonierte er täglich, flehte sie an zurückzukommen, flüsterte Liebeschwüre ins Handy, sagte ihr, wie sehr er sie liebe, versprach ihr den Himmel auf Erden. Eigentlich sollte er sein privates iPhone nicht benutzen, das hatte ihm der mürrische Kontaktmann eingebläut, hatte ihm dieses Wegwerf-Handy aufgedrängt, allerdings nur für den Notfall. Youssef hatte sein iPhone heimlich eingesteckt. Wie sollte er sonst mit Annika in Kontakt bleiben? Mit Annika, der er Blumen schickte und Geld und die von Anruf zu Anruf freundlicher wurde. Seine Hoffnung wuchs.

Die kriminellen Clans in Deutschland verdienten auf Dauer mehr, wenn jeder Wagen nur mit einem einzelnen Fahrer besetzt war, so dass man noch mehr Autos nach Europa einschleusen konnte. So musste auch Youssef lernen, unterschiedliche Lügengeschichten zu spinnen. Voller Panik dachte er manchmal, dass man ihm doch ansehen musste, dass er log. Seine Mutter hatte ihm das immer angesehen. Seine Schwester auch, obwohl sie ihn nie verraten hatte. Doch die Zollbeamten mochten den eher schüchternen, gutaussehenden Mann, der immer freundlich lächelte, nie frech wurde und ein ausgezeichnetes Deutsch sprach, und winkten ihn durch. Youssef verdiente phänomenal viel Geld, verdoppelte das Gehalt des Meisters, der zwar skeptisch guckte, aber nicht nachfragte.

Annika überlegte, mit den Mädchen zurückzukommen, da Youssef ihr nun das Leben bieten konnte, das sie führen wollte. Er fuhr nach Gelting. Ein paar liebestolle Tage mit Annika. Sie versprach ihm, in nächster Zeit mit den Töchtern zurückzukehren, wenn das Haus nach ihren Vorstellungen renoviert, der Swimmingpool gebaut worden war. Glücklicherweise drängte sie ihn nicht mehr, das Familiengut zu sanieren. Sie sah durchaus, dass ihr Vater und ihr Bruder durch Misswirtschaft das Familienerbe in den Ruin getrieben hatten und es keinen anderen Ausweg gab, als Insolvenz zu beantragen. Und im Übrigen, wieso sollte Youssef überhaupt das Gut für ihren eingebildeten Bruder und dessen hochnäsige Frau retten? Da war es doch vernünftiger, sich in Oldenburg niederzulassen. Youssef war ein leicht zu lenkender Ehemann, der keiner Fliege etwas zuleide tat. Seine Geschäfte liefen offensichtlich gut, auch wenn sie keine Ahnung hatte, welche Art von Geschäften das war. War ihr eigentlich auch egal, Hauptsache, es kam Geld herein. Amazon lieferte Paket um

Paket. Für sie und die Kinder. Oft packte sie die Sendungen noch nicht einmal aus. Die Freude über eine neue Bluse, einen schicken Rock dauere etwa fünf Minuten, das hatte Annika in der Psychologie-Kolumne einer ihrer Frauenzeitschriften gelesen, aber glauben wollte sie es nicht. Sie versuchte ihre eigene Unzufriedenheit mit dem Leben durch ständiges Shoppen zu besiegen. Die Kathedralen von gestern seien die Einkaufszentren von heute, hatte sie irgendwo gelesen. Was sollte das denn heißen? So ein Unsinn. Mit der Kirche hatte sie sowieso nichts im Sinn.

17
Die letzte Tour

Youssef hatte unruhig geschlafen in dieser Nacht. Eigentlich waren sie immer zusammen gefahren, er und Gerrit. Sein Freund war so viel selbstsicherer als er, skrupelloser, angstfrei. Er war ein Weichei, das hatte sein Vater immer gesagt. Ängstlich wie ein Mädchen.

»Schau dir deine Schwester an! Die hat *balls*. Die hätte mal ein Junge werden sollen.«

»Um später mal Autos zu verkaufen wie du, Papa«, hatte Malika gelacht und sich hinter Hassans Rücken an die Stirn getippt, was so viel sagen sollte wie: Der ist doch verrückt! Hör nicht auf ihn!

Aber sein Vater hatte recht gehabt. Youssef seufzte. Er hatte eine wunderschöne Frau, zwei süße Töchter, an denen er hing, aber seine Frau war weggelaufen, weil, ja, weil er ein Versager war. Er hatte sogar ein Autohaus geerbt, aber er schaffte es nicht, es so zu managen, dass es genügend Profit abwarf, um ihm und seiner Familie ein sorgenfreies Leben zu ermöglichen. Reiß dich zusammen, sagte Youssef leise zu sich, endlich hast du wieder eine Chance, Geld zu verdienen, Annika und die Kinder zurückzugewinnen. Nur eins durfte er jetzt nicht, er durfte nicht wieder versagen.

In Tanger hatte er Autopapiere und Schlüssel in einer Hotelbar zugeschoben bekommen und die Information erhalten, wo er den Wagen abholen konnte. Nach ein paar Drinks und einer unruhigen Nacht hatte ihn der Weckdienst des Hotels um 6 Uhr geweckt. Er hatte geduscht, eine eilige Tasse Kaffee in sich hineingeschüttet und ein Taxi zu dem großen Parkplatz am Hafen genommen, auf dem Hunderte von Autos auf die Fähre nach Malaga warteten. Diesmal war es ein großer, silberfarbener BMW, den er bei einem Gebrauchtwagenhändler in der Nähe von Oldenburg abliefern sollte. Die genaue Adresse würde ihm später auf seinem Wegwerf-Handy zugemailt werden.

Er reihte sich in die Schlange der wartenden Autos ein, wurde auf der Fähre in eine der hinteren Ecken des Zwischendecks gewunken, stieg aus, schloss den Wagen ab, vergewisserte sich, dass er alle Papiere bei sich hatte, ging an Deck.

Wie hatte er das Ablegen im Hafen genossen, wenn Gerrit an seiner Seite war. Die Silhouette der großen Küstenstädte war kleiner geworden und im Dunst verschwunden. Das war genau der Zeitpunkt, wenn Gerrit gesagt hatte: »Komm, jetzt gehen wir erst einmal gemütlich frühstücken.«

Einer der Zollbeamten kam auf ihn zu und fragte nach den Papieren. Youssef atmete tief durch, zog die Ausweise aus der Innentasche seines Jacketts, sprach mit dem Beamten arabisch, so dass der keinen Versuch machte, Extra-Geld zu erpressen. Er bekam problemlos die ersehnten Ausreisepapiere. Sein Herzschlag beruhigte sich, er bestellte sich ein englisches Frühstück mit Eiern und Speck und versuchte, in einem der bequemen Sessel im Ruheraum ein paar Stunden Schlaf zu finden, was ihm auch wider Erwarten gelang.

Aufgeschreckt durch die Schiffssirene ein paar Stunden später schaute er durch das Fenster des Salons und sah Malaga im gleißenden Sonnenlicht auftauchen. Die Passagiere stürzten an Deck, Youssef schloss sich ihnen an. Er ließ die Kulisse der Stadt auf sich wirken. Auf dem Berg leuchtete die Ruine des Alcazar, in der Bucht funkelten die Fenster der Hochhäuser, von denen die Bewohner einen spektakulären Blick auf die Bucht und die ankommenden Kreuzfahrtschiffe hatten. Touristen flanierten die Hafenpromenade entlang, auch an den Stränden tummelten sich die Menschen, suchten Abkühlung im Wasser.

Die Autofähre fuhr mit gedrosselter Geschwindigkeit an dem weißen Kreuzfahrtschiff am Steuerbord-Pier vorbei, tiefer ins Hafenbecken hinein, wo sie an dem für sie vorgesehenen Landungssteg festmachte. Rufe der Schauerleute. Dicke Stahltrosse wurden ausgefahren, um riesige Eisenpoller geschlungen. Langsam erlosch der hämmernde Takt des Dieselmotors. Das Schiff kam zur Ruhe. Die plötzliche Stille tat in den Ohren weh. Menschen winkten sich fröhlich zu. Möwen starteten Sturzflüge über den Köpfen der Passagiere. Lautsprecher forderten säumige Autofahrer auf, sich unverzüglich auf die Zwischendecks zu begeben und ihre Wagen startklar zu machen. Auf der Betonfläche hinter dem Steg warteten schon die Autos und Lastwagen darauf, dass die Ampel auf Grün schaltete und sie hineinfahren konnten in den riesigen Bauch des Schiffes. Auch Youssef hastete los und ließ den Motor seines BMWs an. Wie gerne würde er ein paar Tage in Malaga bleiben, in einer gemütlichen Pension in der Innenstadt übernachten. Aber er musste weiter. Zeit sei Geld, das hatte man ihm immer wieder eingebläut. Je weniger Übernachtungsstopps er machte, desto höher war der Betrag, der ihm ausgezahlt wurde.

Youssef fuhr zusammen, als ein Zollbeamter vor dem Schlagbaum an seine Scheibe klopfte und mit unmissverständlicher Geste die Wagenpapiere verlangte. Er versuchte, gelassen zu wirken, kurbelte das Fenster hinunter, stabilisierte mit der linken Hand sein rechtes Handgelenk, so dass die Finger nicht zitterten, als er die Dokumente aus dem Fenster reichte.

»Sie sind deutscher Staatsangehöriger?«, fragte der Beamte und musterte Youssef.

»Ja, natürlich. Ich bin in Bremen geboren. Dieses Auto gehört meinem Onkel, der zurzeit in Oldenburg die Familie besucht. Er fährt den Wagen in ein paar Wochen zurück nach Marokko.«

Wie oft hatte Youssef diesen Spruch schon gesagt, auf Spanisch, auf Französisch, auf Deutsch. Gerrit hatte ihn jedes Mal bewundernd angesehen.

»Wie viele Sprachen sprichst du eigentlich? Ich dachte, du warst so ein schlechter Schüler.«

Youssef hatte bescheiden abgewinkt. »Viele Araber sind sehr sprachbegabt. Das ist dir sicher schon aufgefallen.«

Gerrit nickte. Er war kein Sprachgenie und von daher immer erleichtert, wie gut er in Marokko mit Deutsch und ein bisschen Schulenglisch durchkam.

Aber nun war Gerrit nicht da, und Youssef hatte das Gefühl, der Beamte schaue ihn misstrauisch an. Winkte ihn aber dann durch. Spanien war Transferland, was ging es den Zollbeamten an, was mit dem Auto passierte.

Youssef fuhr von Malaga aus in Richtung Osten. Die Autobahn war in einem ausgezeichneten Zustand, es gab wenig Verkehr, die Touristen waren noch nicht eingefallen. Vorbei an Salobreña, der weißen Stadt auf dem steilen Hügel direkt am Meer. Er wäre gern ausgestiegen, hielt kurz auf einem Parkplatz, fotografierte die Burg, die sich den Hang hinaufziehenden weißen Häuser der Stadt, machte ein Selfie von sich und dem silberfarbenen BMW und schickte das Foto auf Annikas Handy. Er kaufte sich im kleinen Obstladen noch ein Netz Orangen, ein Bund Bananen, eine Tüte Feigen, einen Laib weißes Brot und fuhr wieder auf die Autobahn. Die Abzweigung nach Granada kam schnell. Ein weiteres Sehnsuchtsziel. Er hätte sich durchsetzen sollen in den Monaten, als er noch mit Gerrit gefahren war. Niemand hätte die Verspätung wahrgenommen. Die Alhambra wollte er sehen, unbedingt, er hatte Gerrit angefleht, Richtung Granada abzubiegen, aber der Freund hatte sich geweigert.

»Wir sind doch gerade erst losgefahren. Jetzt schon einen Stopp, bist du verrückt. Wir haben 2500 km vor uns. Kauf dir einen Bildband, den kannst du dir auf der Fahrt ansehen.«

Youssef hatte nachgegeben. Wie immer. Bei der nächsten Tour, schwor sich Youssef, würde er sich für eine Nacht ein Zimmer nehmen in diesem kleinen Hotel mitten im weitläufigen Park der Alhambra, um den Sonnenaufgang über Granada zu erleben. *Wenn über Granada der Tag erwacht und golden die Sonne lacht ...*

»Edelkitsch«, hatte seine Schwester naserümpfend gesagt, wenn er die Melodie vor sich hinsummte, aber das war ihm egal. Er würde die schroffen Gipfel der Sierra Nevada fotografieren, seinen Malblock herausnehmen. Er hatte Gerrit erklärt, er wolle nicht sterben, ohne den Löwenbrunnen gesehen, die Wasserspiele im Park des Generalife skizziert, den Duft der Orangenbäume eingeatmet zu haben. Er träumte davon, mit dem Zeichenblock unter den Zypressen zu sitzen, dem Zirpen der Zikaden zu lauschen.

»Du bist halt ein hoffnungsloser Träumer«, hatte Gerrit gelacht. »Stell dich endlich mal der Realität!«

Welcher Realität, hatte Youssef damals gefragt. Der Realität der Gauner und Betrüger, der Gebrauchtwarenhändler? Gerrit hatte geschwiegen, hatte das Tempo erhöht und war stur an Granada vorbeigefahren.

An diesem Morgen war Youssef allein unterwegs. Er drückte das Gaspedal durch. Wenig Verkehr, der große Wagen schoss mit fast 180 km/h über die Autobahn. Bis zum Abend wollte er die 1000 Kilometer bis Figueres schaffen. Mit der rechten Hand stellte er das Navi ein: Valencia – Barcelona – Tarragona – Figueres , die ganze spanische Küstenautobahn entlang bis kurz vor die französische Grenze. Er stellte das Wegwerf-Handy aus. Ihm würde schon eine Ausrede einfallen, sollte sein Auftraggeber versuchen, ihn zu erreichen. Schließlich gab es ja Funklöcher. Oder er konnte behaupten, er habe vergessen, es aufzuladen. Im Hotel angekommen, kramte er sein eigenes iPhone heraus und rief Annika an, um ihr zum Geburtstag zu gratulieren. Zu seiner Überraschung nahm sie ab und meldete sich mit freundlicher Stimme.

»Wo bist du, Liebster?«, fragte sie. »Ich vermisse dich.« Youssef fühlte sich wie im Himmel. Erzählte Annika vom Dali-Museum, dem Rainy Cadillac im Innenhof und den anderen verrückten Exponaten.

»Das Museum würde auch dir Spaß machen, meine Liebe«, behauptete er und versprach: »Wenn ich wieder zu Hause bin, buchen wir einen Flug nach Girona, holen uns einen Leihwagen und besuchen Figueres und Cadaqués. Mein verspätetes Geburtstagsgeschenk! Ich verspreche dir, du wirst begeistert sein.«

Wider besseres Wissen wagte er sich noch einen Schritt vor.

»Alles wird wieder gut, Liebste. Und komm bald mit den Mädchen zurück, ich halte es nicht mehr aus ohne euch. Bitte, komm zurück!«

»Vielleicht«, sagte Annika vorsichtig, aber nicht ablehnend. »Komm du erst einmal hier an, dann werden wir weitersehen.«

Youssef verscheuchte die dunklen Gedanken um die Frage, was wohl Annikas plötzlichen Sinneswandel verursacht haben könnte.

In Frankreich hielt er sich an die Geschwindigkeitsbegrenzung. Aber je näher er der deutschen Grenze kam, desto schneller fuhr er. Er raste durch Belgien mit erhöhter Geschwindigkeit, wurde schließlich in Holland kurz vor der deutsch-niederländischen Grenze von einer Polizeistreife gestoppt und musste die Wagenpapiere zeigen. Misstrauisch blätterten die Autobahnpolizisten die Papiere durch. Youssef unterdrückte seine Nervosität, versuchte sich zu erinnern, wie Gerrit vor einem Jahr in einer ähnlichen Situation in Belgien reagiert hatte. Wieder den Spruch mit dem Onkel aus Tanger, dem der Wagen angeblich gehörte. Er sah, dass die Ordnungshüter ihm nicht glaubten, aber ihm auch nicht das Gegenteil beweisen konnten. Er bezahlte die hohe Geldstrafe für die Geschwindigkeitsübertretung ohne Widerworte und fuhr langsam weiter. Glück gehabt, dachte er. Er hörte nicht, wie der ältere Beamte zu seinem Kollegen sagte:

»Von wegen zur vorübergehenden privaten Nutzung. Der Kerl lügt. Wir sollten beim Zollfahndungsamt Hannover anfragen, ob dieser Youssef Erekan schon einmal aufgefallen ist. Wenn wir Glück haben steht er im Fahndungsregister. Das Nummernschild mit den arabischen Schriftzeichen wirft zumindest Fragen auf. Die illegale Einfuhr von Luxusautos nach Europa hat im letzten Jahr deutlich zugenommen.«

18
Telefongespräch

»Eine Binsenweisheit. Natürlich besteht immer eine Beziehung zwischen Täter und Opfer. Sogar bei Auftragsmorden. Kostenpunkt: 2000 bis 3000 Euro. Also, wo fangen wir an?«

Rieke Breken schaute Hinnerk Freese um Rat suchend an. Immerhin war er ihr langjähriger Chef in Wilhelmshaven gewesen, alles was sie wusste, hatte sie von ihm gelernt.

»Wir? Rieke, das ist nicht dein Ernst«, sagte Freese ruhig. »Du musst dir dein eigenes Team suchen, das weißt du. Ich kann dir nicht mehr helfen. Ich weiß nur, allein schaffst du es nicht. Das sind keine normalen kleinen Gauner, mit denen wir es zu tun haben, da sind andere Player am Werk. Eventuell Clan-Kriminalität, eine Nummer zu groß für eine Polizeiinspektion. Das Zollamt ist bereits eingeschaltet. Ich denke, du musst dringend das LKA benachrichtigen.«

Er sah Riekes abweisende Bewegung. »Es wird dir nichts anderes übrigbleiben, auch wenn«, hier zögerte er, »du dich aus persönlichen Gründen davor scheust, Lars Dierksen in

Hannover anzurufen. Persönliche Abneigungen müssen außen vor bleiben, das weißt du.«

»Ich weiß, Hinnerk«, sagte Rieke leise. »Ich werde sofort anfangen, Youssef Erekans Umfeld auszuleuchten. Ich bin sicher, da findet sich eine Spur. Du scheinst Corinna Erekan ganz gut zu kennen. Meinst du, sie ist in der Lage, uns Auskünfte zu geben über das Umfeld und die Kontakte ihres Sohnes? Oder ist das zu früh? Wird sie zusammenbrechen?«

»Corinna ist stark«, sagte Freese, »und sie hat dasselbe Interesse wie wir, den Mord an ihrem Sohn aufzuklären. Ruf sie an und mach einen Termin mit ihr aus. Ich würde nicht bis nach der Beerdigung warten. Wer weiß, wann die Leiche von der Staatsanwaltschaft freigegeben wird. Bis dahin sind viele Spuren verwischt. Und – das kann ich dir nur raten – setz dich mit Lars Dierksen in Verbindung, das ist ein fähiger Mann, egal was du gegen ihn hast. Ermittlungstechnische Gründe gehen hier vor.«

Rieke nickte. »Du hast recht, Hinnerk. Ich bin in diesem Punkt nicht professionell, das tut mir leid. Aber könntest du mir einen Termin mit Corinna Erekan vermitteln? Sie scheint dir zu vertrauen.«

»Mach ich«, nickte Freese. »Ich werde jedoch bei der Befragung nicht dabei sein. Ich bin außen vor. Es wäre ein

Vertrauensbruch gegenüber Corinna. Ich mag sie sehr«, schloss er und registrierte Riekes erstaunten Blick. »So ist es und deshalb bin ich befangen und zu nichts nütze. Und nun gehe ich zurück in die Reha und widme mich meinen Übungen.«

Er nickte seiner ehemaligen Kollegin zu, verließ das Kommissariat und winkte draußen einem Taxi.

Rieke Breken griff zum Handy, drückte auf die Nummer des LKA in Hannover, fragte nach dem Polizeihauptkommissar Lars Dierksen und erfuhr, dass dieser an diesem Abend keinen Dienst hatte. Nach langem Hin und Her und einem aufwendigen Datencheck zeigte sich die Kollegin am Telefon bereit, die Privatnummer von Lars Dierksen herauszugeben. Ungern natürlich. Hatte Dierksen wieder eine neue Beziehung, fragte sich Rieke. Aber was ging sie das an? Sie brauchte seine Hilfe. Auf professioneller Ebene.

Polizeihauptkommissar Dierksen nahm schon beim zweiten Klingeln den Hörer ab.

»Dierksen«, sagte die ruhige, dunkle Stimme.

Ihr Puls beschleunigte sich. Wie lange war es her, dass sie Lars zuletzt gesehen hatte? Ein Jahr? Zwei Jahre? Sie dachte an die Befragung von Milena Mahlstedt auf Juist, in der es um Geldwäsche ging. An die Fahrt mit Lars ins Ruhrgebiet. War der Kampf gegen die Fischpiraterie in der Nordsee nicht völlig umsonst gewesen? Hatte die russische Mafia nicht auf der ganzen Ebene gewonnen? Oberkommissarin Breken atmete langsam ein und aus, ehe sie sagte:

»Hallo Lars, hier ist Rieke.«

»Endlich«, sagte die Stimme am anderen Ende. »Ich hatte schon befürchtet, du hättest mich ganz aus deinem Leben gestrichen.«

»Habe ich«, sagte Rieke, Schweißperlen auf der Stirn. »Habe ich. Aber, wie du siehst, ich brauche dringend die Hilfe vom Landeskriminalamt.«

»Schade«, sagte Dierksen. Wurde aber dann ganz cool und professionell. »Worum geht es? Eigentlich habe ich heute Abend keinen Dienst.«

»Ich weiß«, sagte Rieke Breken. »Deine Kollegin wollte mir auch deine Privatnummer nicht geben. Sie scheint ja geradezu einen Beschützerinstinkt dir gegenüber zu haben.«

Dierksen lachte. »Eifersüchtig?«

»Quatsch«, sagte Rieke Breken und versuchte, ihre Stimme ruhig und professionell klingen zu lassen. »Was denkst du dir eigentlich?«

»Schöne Dinge«, lachte Dierksen.

»Du bist ein Idiot!«, sagte Rieke.

»Leider«, sagte Dierksen. »Aber um was geht es? Ich nehme an, du willst kein Date verabreden.«

»Idiot«, sagte Rieke.

»Du wiederholst dich«, sagte Dierksen.

»Ich brauche deine Hilfe bei einer Ermittlung«, sagte Rieke.

»Dir ist klar, wir sind nur bei größeren Delikten zuständig.«

»Wir haben einen Toten hier in Oldenburg. Wir vermuten, er ist in irgendwelche illegalen Autoverschiebereien verwickelt. Eventuell Clan-Kriminalität. Wir möchten wissen, ob ihr Erkenntnisse habt. Youssef Erekan, Renault-Autohändler in der Nähe von Oldenburg, deutscher Staatsbürger, Vater Marokkaner, Mutter Deutsche. Seine Leiche wurde im Oldenburger Stadthafen gefunden. Wir glauben nicht, dass es sich um eine private Fehde handelt. Da steckt mehr dahinter.«

»Ich setze mich morgen mit dem Hauptzollamt in Hannover in Verbindung. Die Kollegen dort wissen sicher mehr«, sagte Dierksen. »Bis morgen, Rieke. Ich freue mich übrigens sehr, dich wiederzusehen.« Ohne eine Antwort abzuwarten, legte er auf und lächelte vor sich hin.

Ich nicht, dachte Rieke. Und das werde ich ihm morgen sagen.

19
Landeskriminalamt Hannover

Kriminaloberkommissar Wolf Bennert vom Zollamt Hannover hatte mit seiner düsteren Voraussage recht behalten. Es dauerte zehn Tage, bis die völlig überarbeiteten IT-Techniker es geschafft hatten, Youssef Erekans Handy auszulesen. Durch die eingedrungene Feuchtigkeit waren einige Teile zerstört worden, aber das Handy war wohl stabil genug, um einen mehrstündigen Aufenthalt im Wasser auszuhalten.

»Vorratsdatenspeicherung« hieß das Zauberwort, das einen George Orwell hätte erblassen lassen. Wie primitiv waren doch die Linsen der Überwachungskameras hinter den Spiegeln und Bildern in »1984«.

Mit Hilfe des Handys konnten die IT-Experten Youssefs Marokko-Fahrten im Detail nachvollziehen. Nicht nur die letzte Tour, auch bei den Fahrten mit einem gewissen Gerrit Mayerdierks waren die einzelnen Etappen gespeichert. Das Handy hatte sich an jeder neuen Funkzelle eingeloggt und wurde erst ungenau, als Youssef bei seiner letzten Tour die deutsche Grenze überquert und im Land der Funklöcher den silberfarbenen BMW abgeliefert hatte.

»Was die digitalen Möglichkeiten angeht, ist Deutschland das reinste Entwicklungsland«, ärgerte sich Lars Dierksen. »Schade, dass Herr Erekan kein privates Telefongespräch am Zielort geführt hat.«

Trotzdem wurde klar, dass südlich oder westlich von Oldenburg die Firma des Gebrauchtwagenhändlers liegen musste, bei dem die silberfarbene Limousine mit arabischen Kennzeichen abgegeben worden war.

Kriminalhauptkommissar Dierksen telefonierte mit dem Zollfahndungsamt in Hannover und bat um eine enge Zusammenarbeit. Vielleicht lagen schon gegen einen Autohändler in der Gegend Verdachtsmomente vor, illegal Autos eingeführt zu haben. Das würde die Fahndung erleichtern.

Lars Dierksen ließ sich eine Liste aller Gebrauchtwagenhändler in Ostfriesland ausdrucken. Offensichtlich war Youssef Erekan für die Autobande zur Gefahr geworden. Hatte man ihn deshalb getötet und in die Hunte geworfen? Hatte die ablaufende Flut die Leiche in den Oldenburger Hafen getrieben? Vielleicht sollte man engmaschig suchen, erst einmal entlang der Hunte zwischen Wardenburg und Oldenburg.

Youssefs Partner Gerrit Mayerdierks wurde ins LKA Hannover vorgeladen. Lars Dierksen hatte Schwierigkeiten vorausgesehen, endlose Anwaltsschreiben, aber als Gerrit vor ihm stand, sagte ihm seine Menschenkenntnis, dass der junge Mann zutiefst verunsichert war. Zuerst machte Gerrit zwar einen auf dicke Hose, zog aber den Kopf ein, als Lars Dierksen ihn mit kalter Stimme mit den Anschuldigungen konfrontierte, dass er illegal Autos von Nordafrika nach Europa einführte, und zwar ohne Zollgebühren und Einfuhrumsatzsteuer zu zahlen. Eine eindeutige Straftat.

»Wovon reden Sie überhaupt«, hatte Gerrit anfangs frech gefragt. »Ich verstehe nur Chinesisch. Einfuhrumsatzsteuer, was ist das?«

»Sie werden mich bald besser verstehen«, sagte Dierksen. »Ich werde beim Staatsanwalt den Antrag stellen, Sie vorläufig festzunehmen, bis sich die Angelegenheit aufgeklärt hat.«

Gerrit wurde blass »Ich weiß von nichts. Ich bin nur als Begleiter mitgefahren.«

»Sehen Sie«, sagte Dierksen, »das habe ich erwartet. Aber der Fahrer ist tot. Was haben Sie dazu zu sagen?«

Gerrit zuckte zusammen, rang um Fassung. »Youssef ist tot?«

»Seine Leiche trieb im Oldenburger Hafen.«

»Das kann nicht sein!«

»Das ist aber Fakt! Sie wollen uns doch sicher bei der Aufklärung helfen, oder? Waren Sie mit Youssef Erekan befreundet?«

»Ja«, stotterte Gerrit. »Ich weiß nicht ... «

»Nun los, erzählen Sie mal, in was Sie da hineingeraten sind.«

Dass Gerrit so schnell zusammenbrechen würde, damit hatte Lars Dierksen nicht gerechnet. Der junge Mann war völlig verstört. Seine Stimme klang belegt, als er fragte: »Wer hat ihn getötet?«

»Das ist genau die Frage«, sagte Dierksen. »Und deswegen haben wir Sie vorgeladen. Vielleicht können Sie uns helfen. Ich vermute mal, Ihr Freund wollte aussteigen aus dem ganzen Autoschmuggel-Geschäft. Was wissen Sie?«

»Ähm, von Tour zu Tour bekamen wir mehr Geld«, bekannte Gerrit zögernd.

»Weil Sie auch Drogen transportiert haben?«, hakte der Kommissar nach.

Wieder suchte Gerrit nach Worten. »Von Drogen weiß ich nichts.«

»Aber Sie sagen doch, dass Sie bei jeder Tour mehr verdienten. Sie haben sich nie gefragt, warum?«

»Nein! Doch!« Gerrit schaute zu Boden, schob mit der Fußspitze ein kleinen Papierschnipsel weiter. »Ich dachte, ich dachte ...«

»Sie dachten, es ist besser, Sie wissen von nichts.« Dierksen trieb Gerrit Mayerdierks brutal in die Enge. »Und es war Ihnen auch ganz recht, dass Sie ab einem bestimmten Zeitpunkt allein fahren konnten. Ihr Freund Youssef Erekan war Ihnen zu unzuverlässig. Er wurde zum Risiko, auch für Sie.«

»Youssef war ein netter Kerl. Ich mochte ihn wirklich gern. Ich hätte ihm nie was angetan! Nie!«

»Und Sie? Sie haben beide gewusst, dass die Autos illegal nach Deutschland eingeführt wurden.«

Gerrit antwortete nicht. Wippte unablässig mit seinem linken Bein. Auf und ab. Auf und ab.

»Sie brauchen sich nicht selbst zu beschuldigen. Das werden andere für Sie tun. Ich gehe davon aus, dass Sie von den in den Autos versteckten Drogen wussten. Und das werden wir nachweisen, da machen Sie sich mal keine Hoffnung.«

Gerrit schwieg. Dierksen sah aber, wie sich Gerrits Hände verkrampften, wie die Unterlippe anfing zu zittern.

»Junger Mann, ich sehe, Sie haben Angst. Sie sind in einen Strudel hineingeraten, aus dem Sie sich nicht allein befreien können. Bedenken Sie, die kriminelle Energie Ihrer Auftraggeber ist größer als Ihre eigene, da machen Sie sich mal keine Illusionen. Die schrecken vor einem Mord nicht zurück, wie Sie im Falle von Ihrem Freund Youssef Erekan sehen. Das sind harte Kriminelle, die machen kurzen Prozess mit Menschen, die ihre Geschäfte behindern.«

»Ich sage nichts mehr.«

»Das wäre wirklich dumm von Ihnen«, sagte Kommissar Dierksen. »Noch vernehme ich Sie als Zeugen, noch stehen Sie nicht unter Anklage. Aber das kann sich schnell ändern. Ihnen muss klar sein, dass nur die Polizei Sie schützen kann. Wenn Ihre Auftraggeber glauben, Sie stellen eine Gefahr dar für deren illegale Machenschaften, dann sind Sie so gut wie tot. Eine Kugel, eine Todesspritze, das geht alles sehr schnell.«

»Was soll ich tun?« Gerrit klang kleinlaut.

»Mit uns zusammenarbeiten. Erzählen Sie mal, was Sie wissen oder zu wissen glauben. Eine Zeugenaussage, die zu der Ergreifung der Täter führt, wirkt vor Gericht Wunder.«

Zögernd fing Gerrit Mayerdierks an, von den Autoüberführungen zu berichten. Es war am Anfang ganz harmlos, beteuerte er immer wieder. Konnte er denn wissen, dass die Autos nicht zurückgeführt, sondern verkauft wurden? Vorbei an Zoll und Finanzamt.

»Das alles wollten Sie lieber nicht wissen«, sagte Dierksen. »Das kann ich sogar verstehen. Warum sollte man nicht Autos von Nordafrika nach Europa überführen? Ein lukrativer Job für abenteuerlustige junge Männer, die sich ein paar Euro hinzuverdienen wollen.«

Aber dann fiel der Name Löschner.

»DER Löschner?«, fragte Hauptkommissar Dierksen erstaunt. »Ich höre wohl nicht recht. Irren Sie sich nicht? Hermann Löschner ist einer der einflussreichsten Privatunternehmer in Ostfriesland, ein überaus beliebter Kommunalpolitiker mit guten Kontakten zu Verwaltung und Justiz. Der fährt keine Luxuskarossen illegal über die Grenzen.«

»Eben!« Jetzt grinste Gerrit Mayerdierks, der etwas von seiner Selbstsicherheit wiedergefunden hatte. »Er wird auch nicht wegen illegaler Fischerei in Schutzgebieten angeklagt. Das traut sich keiner. Aber ich rede von seinem Sohn, Finn Löschner, einem ehemaligen Klassenkameraden von Youssef und mir. Nicht das hellste Licht im Kronleuchter, wie es so schön heißt, aber ein guter Kumpel. Erst wollte der Vater ihn enterben wegen diverser Dummheiten, wie Finn es nannte, aber dann hat ihm der Alte als Bewährungsstrafe einen Gebrauchtwagenhandel mit einem Schrottplatz aufs Auge gedrückt. Ich weiß allerdings nicht, ob der alte Löschner etwas von den Machenschaften seines Sohnes weiß. Aber vielleicht haben wir ja alle in seinem Auftrag gearbeitet, gar nicht unwahrscheinlich, dass Hermann Löschner eine der grauen Eminenzen hinter dem ganzen Autoschmuggel ist.«

»Auch Sie, Herr Mayerdierks«, sagte Lars Dierksen kalt, »haben SUVs und teure Limousinen illegal durch ganz Europa gefahren, obwohl Sie wussten, dass die niemals zurückgeführt, sondern als Neuwagen verkauft werden sollten. Wenn Sie Ihren Kopf aus der Schlinge ziehen wollen, dann nennen Sie jetzt Ross und Reiter. Dadurch würde sich Ihre Haftstrafe unter Umständen verkürzen oder sogar ganz wegfallen. Es gibt einen Kronzeugen-Paragraphen, wie Sie wissen.«

»Haftstrafe? Wieso Haftstrafe?«

Mit einer gewissen Befriedigung sah Dierksen, dass Gerrit Mayerdierks in sich zusammengesackt war.

»Das wird der Richter begründen«, sagte Dierksen. »Jetzt sagen Sie uns erst einmal, wo Ihr Kumpel Finn Löschner

20

Schrottplatz bei Wardenburg

Lars Dierksen kontaktierte das Zollfahndungsamt in Hannover und bat um Amtshilfe. Daraufhin setzte sich Petra Sambrowski mit dem zuständigen Amtsrichter in Verbindung, schilderte den Fall Finn Löschner und beantragte einen Durchsuchungsbeschluss, den der Richter problemlos wegen dringenden Tatverdachts bewilligte. Ausgerüstet mit der richterlichen Erlaubnis zur Hausdurchsuchung machte sich das Trio – Petra Sambrowski, Lars Dierksen und Rieke Breken – auf den Weg in Richtung Wardenburg, um Löschner junior in die Zange zu nehmen.

Die Kommissare waren in Zivil, da sie befürchteten, Löschner würde beim Anblick von Polizeiuniformen sofort das Weite suchen. Sie hatten sich beim Einwohnermeldeamt informiert und waren sicher, dass Finn Löschner der einzige Sohn des lokalen Großunternehmers Hermann Löschner war, des Besitzers von Fischkuttern, Ferienhäusern, Restaurants und Campingplätzen entlang der ostfriesischen Küste. Selbstverständlich galt auch für Finn Löschner erst einmal die

Unschuldsvermutung. Das hämmerte Dierksen seinem Team immer wieder ein. Sich nicht voreingenommen zeigen, nicht zu schnelle Schlüsse ziehen. Denn spätestens bei Gericht würden die Aussagen der Polizei von den Anwälten zerlegt werden.

Die Frage, die die Kriminalisten in diesem Fall besonders interessierte, war das Verhältnis zwischen Löschner senior und Löschner junior.

»Weißt du was«, sagte Rieke Breken, als sie die A 29 nach Wardenburg nahmen, »vielleicht präsentieren wir dem jungen Löschner ein paar Aufnahmen auf Youssef Erekans Handy und behaupten, er sehe ja selbst, sie zeigten eindeutig die letzten Kilometer vor der Einfahrt zu seinem Betriebsgelände.«

»Tun sie nicht«, sagte Dierksen, »aber ich finde, das ist eine ausgezeichnete Idee. Die Landschaft hier ist nicht gerade abwechslungsreich, kilometerweise der Anblick von Weizenfeldern, grünen Wiesen und schwarz-weißen Kühen. Der Bluff könnte klappen.«

Als sie im Büro des Gebrauchtwagenhändlers die Ausweise zückten und erklärten, sie wollten Finn Löschner sprechen, schnappte die Sekretärin, sie müsse erst nachfragen, ob der Chef Zeit habe.

»Der hat Zeit«, sagte Rieke. »Wir kommen mit einem richterlichen Durchsuchungsbefehl. Wir werden hier alles auf den Kopf stellen, ob mit Ihrem Chef oder ohne ihn.«

Die Frau guckte verunsichert, nestelte an ihrem Jackett, schob ihren Drehstuhl zurück und sagte, der Chef sei in der Werkstatt.

»Holen Sie ihn«, sagte Dierksen munter. »Raten Sie Herrn Löschner dringend davon ab, in eins seiner schnellen Autos zu springen und wegzufahren. Eine Polizeisperre wartet schon ein paar Kilometer von hier.«

Auch das war gelogen, dachte Rieke. Aber ein guter Coup. Die Sekretärin kam schnell zurück.

»Herr Löschner kommt in ein paar Minuten. Er will nur ein Verkaufsgespräch beenden.«

»Wir schauen uns draußen mal um«, sagte Dierksen und stand auf. Petra Sambrowski und Rieke Breken folgten ihm.

Sie überquerten den großen Parkplatz, auf dem die Gebrauchtwagen dicht an dicht standen, spähten in die Werkshalle, aus der ein bulliger Mann im ölverschmierten Overall herausstürzte, seine schmutzigen Hände an einem alten Lappen abrieb und freundlich fragte, ob er ihnen helfen könne.

»Ja, bitte«, sagte Rieke Breken, ehe Lars Dierksen antworten konnte. »Mein Mann und ich suchen einen eleganten Wagen für die Hochzeitsfeier unserer Tochter. Vielleicht haben Sie eine Idee. Etwas im Angebot, das ins Auge sticht.«

»Jau«, versicherte ihnen der KFZ-Mechaniker. »Haben wir. Kürzlich hereingekommen. So gut wie neu. Ein wirkliches Schnäppchen!«

Petra schaute Rieke an und hob hinter dem Rücken des Mannes anerkennend den Daumen. Der führte die Polizeibeamten in den von vorne nicht einsehbaren Teil der Werkstatt. Sie standen vor dem silberfarbenen BMW, vor dem Youssef auf dem Parkplatz in Salobreña ein Selfie gemacht und seiner Frau geschickt hatte.

»Bingo«, sagte Lars Dierksen bewundernd. »Das nenne ich eine Luxuskarosse.« Er lächelte anzüglich. »Nicht wahr, Liebling, genau passend für unsere Tochter.«

Rieke guckte säuerlich. Aber ehe sie antworten konnte, kam Finn Löschner über den Platz gehetzt.

»Wir haben das gesuchte Auto gefunden«, sagte Hauptkommissar Dierksen und hielt seinen Ausweis hoch. »LKA Hannover! Jetzt erklären Sie uns mal, wo Sie den Wagen herhaben.« Er wedelte mit dem richterlichen Durchsuchungsbefehl.

»Eigentlich habe ich gar keine Zeit.« Löschner drehte sich um.

»Doch, haben Sie! Zeit meine ich, spätestens im Knast haben Sie Zeit. Jede Menge Zeit zum Nachdenken«, sagte Dierksen. »Sehen Sie«, er zog ein sorgsam in Cellophan verpacktes Handy aus seiner Uniformjacke und hielt es hoch, »dieses iPhone gehörte Youssef Erekan, dessen Leiche vor zwei Wochen im Oldenburger Hafen gefunden wurde. Die letzten Filmaufnahmen zeigen die Zufahrt zu Ihrem Betrieb.«

Finn Löschners Blick flackerte. Sowohl Rieke Breken als auch Petra Sambrowski dachten, dass Lars Dierksen ein Risiko einging. Er log, um einem Verdächtigen eine Aussage zu entlocken. Heiligte der Zweck die Mittel? Wenn die Taktik vor Gericht herauskam, würde Dierksen sich im mildesten Fall eine Rüge des Richters zuziehen. Die Anwälte würden darum kämpfen, dass alle Aussagen, die der Angeklagte gemacht hatte, für ungültig erklärt würden. Lars Dierksen könnte wegen Erschleichung eines Geständnisses belangt werden. Nichts fürchtet ein Richter mehr als die Blamage einer Revision wegen formaler Fehler. Vorsicht war angesagt, das war klar.

»Ja, aber! Ja, aber!«, stotterte Finn Löschner. »Ich weiß von nichts.« »Haben Sie einen Anwalt?«, mischte sich Rieke Breken ein. Der Kerl da vor ihnen müsste seinen Anwalt anrufen und bis dahin jede Aussage verweigern. Was Dierksen hier trieb, würde doch vor Gericht niemals Bestand haben.

Lars grinste sie an. Sie waren ein gutes Team, dachte er, Rieke Breken und er. Leider war Rieke dieses Verhörspiel mit verteilten Rollen nicht klar: Good Cop, Bad Cop. Wie im Tatort am Sonntagabend.

»Natürlich, entschuldigen Sie!«, sagte Dierksen schnell und hob bedauernd die Schultern. »Meine Kollegin hat völlig recht. Ohne Ihren Anwalt müssen Sie keine Aussage machen, Herr Löschner. Aber das ist doch selbstverständlich, das wissen Sie ja selber.«

Er sah den jungen Löschner freundlich an. »Aber Ihnen ist sicher auch klar, dass Ihnen ein Geständnis eine kürzere Haftstrafe einbringen würde.«

»Im Übrigen können Sie jedes Geständnis widerrufen, wenn Ihr Anwalt Ihnen dazu rät«, fügte Petra Sambrowski hinzu. Sie hatte sich auf das Spiel eingelassen. Wie blöd war der junge Löschner eigentlich? Er tat ihr fast schon leid, als sie das panische Flattern seiner Augenlider sah. Vielleicht hatte er mehr Angst vor seinem Vater als vor der Polizei, spekulierte sie.

»Nur noch eine Frage«, sagte Lars Dierksen und fixierte sein Gegenüber. Er machte eine längere Pause und fragte dann leise: »Haben Sie Youssef Erekan umgebracht?«

Löschner geriet völlig außer sich. »Nein, ich habe ihn nicht umgebracht. Nie im Leben! Ich habe Youssef bewundert, er war während der Schulzeit mein Idol. Ein fantastischer Fußballspieler. Ein Hoffnungsträger bei Werder. Klar, war ich sauer, als er sagte, er wolle aussteigen aus dem Geschäft.«

»Aus welchem Geschäft?«, Petra Sambrowski gab sich ahnungslos. »Wollte Youssef keine Luxusautos mehr illegal über die Grenze schmuggeln?«

»Er wollte völlig raus«, wiederholte Finn Löschner.

»Aber woraus raus?«, hakte Sambrowki nach. »Woraus wollte er raus?«

Löschner kniff die Lippen zusammen. »Darf ich meinen Anwalt anrufen?«

»Selbstverständlich«, sagte Rieke Breken. »Sie können auch Ihren Vater anrufen.«

»Nein«, sagte Finn Löschner. »Nein, auf keinen Fall!«

Rieke nickte. »Das verstehe ich.«

Beim Hinausgehen bemerkte Kommissar Dierksen wie nebenbei: »Dort oben hängt ja eine Überwachungskamera. Die könnte doch Ihre Unschuld beweisen.«

Finn Löschner zögerte. Das war ziemlich plump, dachte Rieke Breken. Darauf würde Finn Löschner nicht hereinfallen.

»Herr Löschner, Sie sagen doch, Sie hätten nichts zu verbergen. Geben Sie uns die Aufnahmen, wir überprüfen sie, und wenn Sie uns die Wahrheit gesagt haben, sind sie raus aus der ganzen Affäre«, mischte sie sich ein und nickte dem jungen Mann aufmunternd zu.

»Nicht ohne meinen Anwalt!«, presste Finn Löschner hervor. Diesen Satz hatte er sich wohl beim vielen Tatort-Gucken eingeprägt, Rieke musste sich ein Lachen verbeißen. Obwohl die ganze Angelegenheit alles andere als lustig war.

Lars Dierksen sah seine Kollegin vorwurfsvoll an und wandte sich schnell an Löschner. »Natürlich rufen Sie jetzt erst einmal Ihren Anwalt an! Das ist Ihr gutes Recht.« Er machte eine kurze Pause.

»Allerdings werden wir in der Zwischenzeit einen Blick auf das silberfarbene Luxusmodell in der Halle werfen. Sie wissen genauso gut wie wir, dass Youssef Erekan ihn vor knapp zwei Wochen illegal von Marokko in die EU eingeschleust hat. Haben Sie schon einen Käufer?«

»Nein!« Finn Löschner schluckte.

»Das ist auch gut so!«, stellte Petra Sambrowski fest. »Wir werden den Wagen beschlagnahmen und abschleppen lassen. Unsere Drogenhunde sind gut ausgebildet, die finden alles.«

»Wieso Drogen?« Finn Löschner presste beide Hände auf seine Oberschenkel. »Wie kommen Sie auf Drogen? Sie werden nichts finden.«

»Da hätten Sie aber Glück«, sagte Rieke. »Sonst stünden Sie unter Mordverdacht.«

»Mordverdacht«, stotterte Finn, Panik in den Augen. »Wieso Mordverdacht? Ich verstehe nicht, was Sie meinen.«

»Doch, Herr Löschner. Sie verstehen sehr gut, was wir meinen. Offensichtlich ist Youssef Erekan erst auf Ihrem Betriebsgelände aufgegangen, dass Drogen im Auto versteckt waren, immer schon versteckt waren, wenn er die Luxuskarossen illegal in Europa einschleuste. Haben Sie ihn getötet, weil er aussteigen wollte?«

»Ich habe Youssef nicht getötet!« Finn Löschner reckte Ihnen Mitleid heischend die offenen Handflächen hin. »Das könnte ich nicht, einen Menschen umbringen. Einen Freund.«

» Youssef Erekan war eine Gefahr für Sie geworden. Und für Ihre Auftraggeber«, stellte Rieke Breken fest.

»Ich habe ihn nur angefleht, den Mund zu halten«, behauptete Finn Löschner. »Hau einfach ab, habe ich gesagt.«

»Und, was hat er gemacht?«

»Nichts! Er hat sich wortlos umgedreht und ist vom Platz gerannt. Wie er nach Hause gekommen ist, weiß ich nicht.«

»Und Sie? Was haben Sie dann getan?«, fragte Dierksen. »Ihre Auftraggeber angerufen? Gefragt, was Sie tun sollen?«

»Ähm, die haben gesagt, die haben gesagt, ich solle mir keine Sorgen machen. Sie würden das erledigen. Ich solle mich für ein paar Tage krankmelden. Ginge ja ganz einfach wegen Corona, haben die gesagt. Und es wäre sinnvoll, wenn ich in den nächsten Tagen ein Alibi hätte.«

»Und Sie? Wie haben Sie reagiert? Es muss Ihnen doch klar geworden sein, dass die Youssef Erekan beseitigt wollten.«

»Ich habe sie angefleht, sie sollten den Youssef in Ruhe lassen. Ich würde mit ihm sprechen.« Löschner schrie fast. Er wedelte mit den Händen, war drauf und dran, die Kontrolle zu verlieren.

»Und, was ist dann passiert?«, fragte Rieke Breken. »Haben Ihre Auftraggeber auf Sie gehört?«

Finn Löschner schwieg.

»Eine Frage noch, Herr Löschner. Wenn nicht Sie es waren, der Youssef Erekan hier an Ort und Stelle hat verschwinden lassen, wie ist er von hier weggekommen?«

»Das weiß ich nicht«, stammelte Löschner. »Youssef ist vom Hof gerannt. Das kann auch mein Werkstattmeister bezeugen. Der sollte eigentlich Youssef zurück nach Oldenburg bringen.«

»Und?«, fragte Rieke Breken. »Warum hat Herr Erekan das Angebot, ihn nach Hause zu fahren, nicht angenommen? Die öffentlichen Verkehrsmittel sind hier auf dem Lande sicher eher rar.«

»Weiß ich nicht. Youssef ist völlig durchgedreht und dann Richtung Straße gerannt. Vielleicht hat er ein Taxi gerufen. Oder ein Auto angehalten.«

»Das werden wir herausbekommen, Herr Löschner«, sagte Dierksen, nahm sein Handy heraus und bestellte einen Abschleppwagen, um den geschmuggelten Wagen zum Zollamt in Hannover befördern zu lassen.

»Das dürfen Sie nicht«, schrie Löschner.

»Doch!« Petra schwenkte ein Papier. »Das dürfen wir, Herr Löschner. Der zuständige Amtsrichter ist informiert. Sie werden Ihre Lage nur verschlimmern, wenn Sie versuchen, uns zu behindern.«

Ohne auf Löschners Protest zu achten, gingen die Kommissare zurück zur Werkshalle. Es war allen klar, dass die Drogen, falls es welche gab, vermutlich entfernt worden waren. Immerhin stand der große BMW schon über eine Woche auf dem Gelände.

»Schaut mal«, sagte Lars Dierksen und bückte sich. Er hatte den Beifahrersitz zurückgerammt und fingerte einen Revolver hervor, der mit einer Klemme unter dem Sitz angeschraubt worden war. Und ein in Plastik eingeschweißtes Päckchen mit Tausend-Euro-Scheinen.

»Das ist ja hier wie beim Ostereier-Suchen. Meistens tauchen im Sommer noch ein geschmolzener Schoko-Hase und zwei niedliche Plastikküken auf.« Offensichtlich war Rieke Breken bestens gelaunt.

»Der Vergleich hinkt«, moserte Petra Sambrowski, ging ein paar Schritte zur Seite und wählte die Nummer des zuständigen Amtsgerichts in Oldenburg.

»Rieke, du bekommst den Haftbefehl in ein paar Minuten zugemailt«, sagte sie.

»In der Werkstatt des Zollfahndungsamtes werden wir klarer sehen«, sagte Petra. »Wie bereits gesagt, unsere Hunde erschnüffeln sogar Reste von Suchtmitteln.«

»Und Sie kommen sofort mit«, sagte Rieke Breken zu Finn Löschner, der wie gelähmt – die Arme um den Oberkörper geschlungen – zugeschaut hatte. »Wir haben einen Haftbefehl.«

Sie zeigte ihm ihr iPhone. Finn Löschner machte keinen Versuch zu fliehen. Wie betäubt ließ er sich in das Polizeiauto verfrachten und ins Oldenburger Untersuchungsgefängnis bringen.

»Wir hören voneinander«, sagte Rieke. Ihr tat der verstörte junge Mann irgendwie leid, auch wenn sie sich eigentlich solche Gefühle nicht leisten konnte. Ihre Aufgabe war, Verbrechen aufzuklären, nicht Täter zu schützen. Es war nicht so, dass sie Finn Löschner sympathisch fand. Ganz im Gegenteil. Aber er war eine arme Socke, dachte sie, ein Spielball in einem Spiel, dessen Gefährlichkeit er nicht durchschaut hatte. Vielleicht würde die Untersuchungshaft ihm sogar das Leben retten. Sie wollte nicht, dass er endete wie Youssef.

Im Zollfahndungsamt Hannover schnüffelte Bruno, der von der Drogenfahndung ausgewählte Hund, aufgeregt an der Motorhaube herum und bellte wie verrückt, als diese geöffnet wurde.

Der Werkmeister baute die Scheibenwaschanlage aus, zog Wasserproben und gab sie ins Labor zur Analyse. Erwartungsgemäß fand man Spuren von aufgelöstem Kokain. Der Hauptteil der Transportkügelchen war entfernt worden, aber ein paar von ihnen waren wohl geplatzt und hatten das Wasser verunreinigt.

»So blöd kann man doch überhaupt nicht sein«, sagte Petra Sambrowski.

»Ob unser Youssef wirklich nichts von den Drogen gewusst hat?«, fragte Rieke Breken.

»Den können wir nicht mehr fragen«, stellte Lars Dierksen nüchtern fest. »Auf jeden Fall wollte er aussteigen aus der ganzen Sache. Und das kostete ihn das Leben.«

21 Selbstmord

Die Nachricht schlug ein wie eine Bombe. Die Menschen im Raum Oldenburg rissen sich das Lokalblatt aus der Hand. Finn Löschner, der einzige Sohn des bekannten Lokalpolitikers und Unternehmers Hermann Löschner, hatte sich in der Untersuchungshaft das Leben genommen. Ohne schlüssige Beweise habe der Amtsrichter in Oldenburg einen Haftbefehl ausgestellt und sei damit den Anschuldigungen des Zollfahndungsamtes in Hannover gefolgt. Hermann Löschner, der bekannteste und beliebteste Politiker der Region, ein erfolgreicher Unternehmer und Wohltäter des ganzen Landkreises – wie viele Kultureinrichtungen hatte er unterstützt, wie viel Geld für karitative Zwecke gespendet – drohte mit Konsequenzen für die beteiligten Beamten, die fernab jeder Beweislage seinen Sohn festgenommen und verhaftet hätten.

»Finn war ein hochsensibler Mensch, der solche Anschuldigungen nicht verkraften konnte. Die wirklichen Mörder sind die Kriminalbeamten, die sich allmächtig dünken.

Aber denen werde ich es zeigen«, hatte Löschner in die Mikrophone gebrüllt, die ihm am nächsten Morgen vors Gesicht gehalten wurden. Ein paar kritische Kommentare im Deutschlandfunk, dass Finn Löschner offensichtlich Drogen genommen und ein Playboy-Leben geführt habe, ganz zum Missfallen seines Vaters, wurden unterdrückt, zumindest von lokalen Medien.

»Wer beißt in die Hand, die einen füttert«, kommentierte Petra Sambrowski. Sie war schon am frühen Morgen mit Lars Dierksen nach Oldenburg zurückgefahren, da Rieke Breken eine Krisensitzung einberufen hatte.

Aufgebracht warf Petra die Lokalzeitung auf den Tisch. »Das war ja zu erwarten. Wie viele Anteile hat Löschner bei unserer allseits beliebten Tageszeitung? Wie hoch ist Löschners Anzeigenpotenzial und das abhängiger Firmen?«

»Wir haben trotzdem ein Problem«, sagte Petra ernst. »Auch wir Polizisten haben nicht gesehen, wie verzweifelt Finn Löschner in Wirklichkeit war. Er hat sich mit einem zum Strang geflochtenen Bettbezug am Fenster erhängt. Angeblich bestand kein Suizidverdacht. Die Staatsanwaltschaft hat ein Todesursachenermittlungsverfahren – welch schreckliches Wort – aufgenommen.«

»Dieser Hermann Löschner ist ein eiskalter Profiteur, der nun versucht, die Situation für sich auszunutzen, Krokodilstränen weint und mit Klagen gegen die Vollzugsanstalt droht, um sich in der Öffentlichkeit als Opfer der Justiz darzustellen«, stellte Lars Dierksen klar. »Ehe wir uns in Selbstvorwürfen suhlen, sollten wir versuchen herauszufinden, wie viele Gebrauchtwagenhändler in Ostfriesland unter seiner Fuchtel standen, finanziell von ihm abhängig waren. Ich glaube keinesfalls an die enge Vater-Sohn-Beziehung. Finn war für den Patriarchen eine einzige Katastrophe: zu weich, zu wenig geschäftstüchtig, noch dazu ein Junkie. Er sah Finn nicht mehr als Nachfolger in seinem Imperium. Ich würde ihm sogar zutrauen, dass er ihn hat umbringen lassen.«

»Jetzt übertreibst du aber, Lars!« Rieke hob abwehrend die Hand. »Hast du Beweise für deine Behauptungen? Wer sollte denn – deiner Meinung nach – das Löschner-Imperium nach dem Tod des Alten übernehmen?«

»Ich vermute, da scharren doch schon einige liebe Verwandte mit den Füßen. Vielleicht Larissa Löschner, die kluge und ehrgeizige Tochter aus vierter Ehe, eine junge Frau mit abgeschlossenem BWL-Studium. Sie hat nur ein Manko: Sie ist eine Frau.«

»Hör bloß auf, Lars«, sagte Rieke. »Ich habe keinen Bock auf eine Gender-Diskussion.«

»Sie ist oft der Schlüssel zur Aufklärung eines Falles«, behauptete Dierksen.

»Sie ist nervig«, konterte Rieke Breken.

»Sind sie«, gab Dierksen zu. »Aber dann hättest du nicht Polizistin werden sollen, wenn die dunklen Seiten der Menschen dich so sehr abstoßen. Vielleicht hätte dir eine Stelle als Erzieherin oder Grundschullehrerin mehr Spaß gemacht. Es sei denn, du wärst dort auf den Abgrund von sexueller Gewalt gegen Kinder gestoßen.«

Manchmal hasse ich ihn, diesen Lars Dierksen, dachte Rieke. Und er soll bloß nicht fragen, ob ich heute Abend mit ihm essen gehe.

22
Coq au Vin

Das Telefon klingelte. Hinnerk Freese ignorierte das schrille Läuten. Nein, er würde nicht drangehen an diesem Abend, denn er stand am Herd, hatte das Rezept Winterliche Maronensuppe bei Chefkoch.de angeklickt und versuchte konzentriert, den Anweisungen Schritt für Schritt zu folgen. Warum hatte er Idiot nicht die bereits gekochten und geschälten Maronen bei Edeka besorgt? Nun explodierten die auf dem Markt gekauften frischen Maronen im Herd. Es roch verbrannt. Mit einem dicken, hitzebeständigen Küchenhandschuh öffnete er die Ofenklappe, Qualm schlug ihm entgegen.

Verdammt, ein paar Minuten der Sportschau im Wohnzimmer und schon war die Vorspeise versaut. Resigniert trat er auf das Pedal des Abfalleimers und schüttete die geplatzten, schwarzen Maronen hinein. Nein, in der Küche konnte der Müll nicht bleiben, der stank zu widerlich. Er riss das Küchenfenster auf, trug den Eimer hinaus auf den Balkon. Dann eben keine Maronensuppe. Er hatte noch einen Rest Eisbergsalat, ein paar Tomaten und eine ältliche Gurke im

Kühlschrank. Das musste für die Vorspeise reichen. War sowieso bekömmlicher als die fette, mit reichlich Sahne verschlagene Maronensuppe. Das Coq au Vin war schon kalorienreich genug, wenn er an die dicke Wein-Sahne Soße dachte, in der die Hähnchenteile schwammen. Er öffnete den Deckel, wedelte sich mit der Hand den Duft zu, der aus dem Bräter stieg. »Köstlich«, lobte er sich selbst.

Corinna und Hinnerk hatten sich beim Abschied versprochen, nach der Reha den Kontakt nicht abreißen zu lassen. Sie würden sich auch von Corona-Hysterien nicht abhalten lassen, sich zu sehen.

»Manche Leute haben eine solche Angst vorm Sterben, dass sie so leben, als seien sie jetzt schon tot«, philosophierte Corinna. »Ich freue mich darauf, dich auch außerhalb dieser Mauern wiederzusehen, Hinnerk.«

»Lade sie ein, diese Corinna«, hatte Edith ihn im Traum ermuntert. »Willst du die nächsten zwanzig Jahre allein bleiben? Mir nachtrauern? Wir hatten ein gutes Leben. Aber ich wäre enttäuscht von dir, wenn du in Depressionen versinkst und den Rest deiner Lebenszeit wegwirfst.« Sie hatte ihm ihr Edith-Lächeln zugeworfen und war verschwunden.

Typisch Edith, dachte Hinnerk Freese. Großzügig und mitfühlend wie immer. Er hatte ein paar Tage mit sich gekämpft und dann Corinna angerufen. »Möchtest du am Freitag zum Abendessen kommen? Ich koche.«

Corinna war einverstanden. Sehr einverstanden, wie er aus ihrer Stimme heraushörte. Sie bot an, für die Nachspeise zu sorgen.

Das Coq au Vin war Hinnerk gelungen, beide hatten heftig zugelangt. Sie prosteten sich gutgelaunt zu und Corinna bat um einen weiteren Schluck des vorzüglichen Pinot noir. Das Telefon klingelte.

»Ich geh nicht ran«, sagte Hinnerk Freese. »Ich bin nicht mehr im Dienst.«

»Nimm ab«, sagte Corinna. »Es könnte wichtig sein.«

Hinnerk zögerte, ging aber doch zu seinem altmodischen Telefon auf dem Beistelltisch neben der Couch. Er hasste Handy-Gespräche, die ihn immer bei irgendeiner Beschäftigung störten: beim Einkaufen, im Fitness-Studio und bei Gesprächen mit Freunden. Seit der Pensionierung war sein Handy meistens ausgestellt, was ihm seine Tochter allerdings übel nahm, wenn sie versuchte, ihn aus Kalifornien anzurufen.

»Nie kann man dich erreichen, Vadder! Ich mache mir Sorgen. Wie geht es dir?«

»Ruf mich auf dem Festanschluss an«, sagte er dann freundlich. »Ich will nicht mehr ununterbrochen verfügbar sein.«

Diesmal meldete sich zu Hinnerks Überraschung Tammo Löschner von der Wasserschutzpolizei.

»Hinnerk, es tut mir leid, dich zu stören, aber ich gehe nicht davon aus, dass ich dich bei einem zärtlichen Tête-à-Tête unterbreche.«

»Wieso gehst du nicht davon aus? Hältst du mich für zu alt für ein Tête-à-Tête? Du störst tatsächlich!«

Die Stimme am anderen Ende der Leitung geriet ins Stocken. »Was Ernsthaftes?«

»Man wird sehen«, sagte Freese. »Was willst du von mir? Du erinnerst dich, ich genieße meinen Ruhestand.«

»Hinnerk, es tut mir leid, dass ich störe. Ehrlich! Aber ich brauche deinen Rat! Es ist dringend. Sagt dir der Name Youssef Erekan etwas?«

»Warte«, sagte Freese. »Ich gehe ins Nebenzimmer.«

Er hob entschuldigend die Schultern. Corinna schaute überrascht, sagte aber: »Geh nur! Wir haben den ganzen Abend.«

»Ich spreche von dem Youssef Erekan, dessen Leiche wir im Oldenburger Stadthafen geborgen haben«, sagte die Stimme am Telefon.

»Ich weiß«, sagte Hinnerk Freese. »Und seine Mutter ist bei mir zum Abendessen. Einen günstigeren Zeitpunkt hättest du dir wirklich nicht aussuchen können.«

»Um Himmels willen, Hinnerk, das konnte ich nicht ahnen. Aber du musst mir glauben, auch wenn meine Worte dramatisch klingen, es geht um Leben und Tod.«

»Einen Toten haben wir schon. Ich finde, das reicht, Tammo.«

»Mein Neffe Finn Löschner hat in der Zelle Selbstmord begangen.«

»Was? Sag nicht, das war Mord.«

»Nein, aber der Mann, der für seinen Tod wahrscheinlich verantwortlich ist, ist sein Vater Hermann Löschner.«

»Warum gehst du nicht zu Rieke Breken in die Polizeiinspektion? Meine ehemalige Kollegin ist eine fähige Ermittlerin. Ich bin nur ein ausrangierter Dinosaurier.«

»Hinnerk, ich vertraue nur dir. Ich brauche einen Rat, aber nicht von offizieller Stelle.«

»Nicht offiziell? Hast du dich strafbar gemacht, Tammo?«

»In gewisser Weise, ja! Und jetzt weiß ich nicht, was ich tun soll.«

»Dich selbst anzeigen! Eine Untersuchung gegen dich beantragen!«

»Hinnerk, darf ich dir die Situation erklären? Bitte!«

»Ich hoffe, du willst mich nicht in Vertuschungsaktivitäten hineinziehen.«

»Nein. Aber ich muss vorsichtig vorgehen, sonst werden noch mehr Menschen aus dem Weg geräumt werden. Bitte, Hinnerk, hilf mir! Aus alter Verbundenheit!«

»Findest du, dass unsere Zusammenarbeit im Falle der russischen Mafia und der Fischpiraterie in der Nordsee geklappt hat? Es ist ein offenes Geheimnis, dass du immer wieder versucht hast, deinen Schwager zu decken.«

»Das gebe ich zu. Sogar die damalige Polizeianwärterin an Bord, Luisa Vieira, wurde immer misstrauischer. Jetzt reicht es. Ich will Hermann anzeigen.«

»Sehr löblich! Aber darf ich fragen, was deinen Sinneswandel bewirkt hat? Bisher hast du dich geweigert, bei den illegalen Machenschaften deines Schwagers einzugreifen, zum Beispiel in den Fällen von Schleppnetz-Fischerei in Schutzgebieten.«

»Familie«, sagte Tammo Löschner. »Klar, das ist keine Entschuldigung. Aber ich bin der angeheiratete Fremde. Habe den Namen meiner Frau angenommen. Wollte dazugehören zu dieser Familie, das gebe es zu. Ich bin nicht verpflichtet, gegen den Bruder meiner Frau auszusagen.«

»Du glaubst doch selber nicht, was du hier von dir gibst. Du bist Kriminalkommissar. Wie kannst du als Polizist kriminelle Handlungen decken! Dein verdammter Job ist es, sie aufzuklären.«

»Glaubst du, ich weiß das nicht, Hinnerk. Aber bisher ging es nur um Fische«, sagte Tammo Löschner.

Hinnerk Freese wollte aufbrausen, zwang sich zur Ruhe. »Und was ist jetzt anders? Was hat sich verändert?«

»Mein Neffe Finn hat sich in der U-Haft aufgehängt.«

»Das habe ich gehört. Eine Katastrophe. Und eine unglaubliche Schlamperei vonseiten der Aufseher.«

»Ich liebte den Jungen«, sagte Löschner knapp. »Er war für mich wie ein Sohn, ein Sohn, den ich nie hatte.«

»Was glaubst du, was passiert ist?«

»Ich glaube nicht, dass Hermann seinen eigenen Sohn hat umbringen lassen. Aber er hat Finn in den Tod getrieben. Er hat ihn nie akzeptiert. Der Junge war ein hochsensibles Kind.

Fast mädchenhaft. Keiner, der sich durchsetzte. Keiner, der die Erwartungen seines Vaters erfüllen konnte.«

»Also wurde er Drogendealer? Du weißt bestimmt, er stand unter Verdacht, illegal Autos am Zoll vorbei nach Europa verschoben zu haben. Außerdem hat er sehr wahrscheinlich in den Luxuskarossen Drogen von Afrika nach Deutschland geschmuggelt.«

»Das könnte sein. Ich will da nichts beschönigen. Aber es ist nicht nur seine Schuld. Sein Vater hat ihn vor sich hergetrieben. Ihn gedemütigt und als Sissy beschimpft. Dabei hat Finn alles versucht, um seinem Vater zu gefallen.«

»Und das hat er natürlich nicht geschafft!«

»Nein, das konnte er nicht schaffen. Dafür war er nicht hart genug. Ich denke, er hatte hohe weibliche Anteile, war vielleicht homosexuell, wollte sich das aber nicht eingestehen. Sein Vater hat ihn von früh auf drangsaliert.«

»Und deshalb ist er kriminell geworden? Das hört sich an wie aus dem Lehrbuch eines Psychologiestudenten im ersten Semester. Papa und Mama sind immer schuld, egal was passiert. Eine prima Lösung. Weißt du, Tammo, das ist mir zu einfach.«

»Finn ist nicht als Krimineller geboren worden, Hinnerk, glaube mir! Sein Vater hat ihn kaputtgemacht, ihn in diese krummen Aktivitäten gedrängt, davon bin ich überzeugt. Er sollte sich als Mann behaupten.«

»Es ist nicht so, dass ich dich nicht verstehe. Ich weiß natürlich um die Verantwortung von Eltern, ich habe eine Tochter und zwei Söhne. Aber konkret, was willst du, Tammo?«

»Ich möchte, dass du meinem Schwager und seinen kriminellen Machenschaften das Handwerk legst. Bisher hat sich niemand an ihn herangetraut. Ich auch nicht. Hermann erschien mir übermächtig. Er steht voll im öffentlichen Leben, hat weitreichende Kontakte, sogar bis in die Justiz hinein. Ich hatte Angst vor ihm, zugegeben, so wie alle Angst vor ihm hatten und haben. Ich bin feige wie mein Neffe. Deswegen verstand ich Finn so gut.«

»Und nun willst du deinen Schwager ans Messer liefern. Aber warum schlägst du nicht den offiziellen Weg ein?«

»Ich gebe freimütig zu, ich möchte weder meinen Beamtenstatus noch meine Pension riskieren.«

»Du weißt, Tammo, ich bin wie du Polizeibeamter. Ich will mich nicht an der Vertuschung von Straftatbeständen beteiligen. Als langjähriger Gewerkschaftler kann ich dich nur insofern beruhigen, als ich weiß, dass ein Beamter nur den Anspruch auf seine Pension verliert, wenn er länger als ein

Jahr eingebuchtet wird. Du bekommst wahrscheinlich nur ein Disziplinarverfahren. Also, wie lösen wir das Problem?«

»Hinnerk, ich habe immer deine Durchsetzungskraft und deinen Mut geschätzt. Einen Mut, den ich niemals hatte.«

»Danke für die Blumen! Und nun?«

»Ich möchte als Whistleblower agieren. Natürlich gibt es in der Firma meines Schwagers kein Schutzprogramm für Whistleblower oder einen Compliance-Beauftragten, der anonymen Anschuldigungen nachgeht.

Ich habe hier einen Stick, der die Polizei interessieren könnte, auf dem einige der kriminellen Aktivitäten von Hermann Löschner gespeichert sind. Frag mich nicht nach der Quelle, ich habe versprochen, sie geheim zu halten, denn ich möchte den Informanten nicht gefährden. Bitte, Hinnerk, hilf mir! Ich habe nur einen Wunsch, meinen Schwager vor Gericht zu sehen. Das bin ich Finn schuldig.«

»Warum jetzt? Warum nicht früher?«

»Finns Selbstmord hat mir vor Augen geführt, dass ich so nicht weiterleben kann. Ich fühle mich für den Tod des Jungen verantwortlich. Finn hat mich und meine Frau schon als kleiner Junge, auch noch als Teenager, immer wieder gebeten, bei uns wohnen zu dürfen. Gegen den Willen seines Vaters. Finn war der einzige Sohn, der Erbe, der den Familienkonzern übernehmen sollte. Hermann wollte nie einsehen, dass Finn dem Ganzen nicht gewachsen war. Finn fehlte die Härte, das Durchsetzungsvermögen, die kriminelle Energie. Er war ein Weichei, wie sein Vater zu sagen pflegte. Aber diese »Weinerlichkeit«, wie er es nannte, würde er dem Jungen schon austreiben.«

»Trotzdem hast du dich nie eingemischt?«, fragte Freese.

»Nein. Wie du siehst, ich bin feige. Ich habe es nicht geschafft, meinen Neffen zu schützen. Und irgendwann war es zu spät.«

»Ja, es ist spät, viel zu spät, um die Wahrheit zu sagen«, sagte Hinnerk Freese. »Nichts macht deinen Neffen wieder lebendig. Aber es ist wichtig, Hermann Löschners kriminelle Aktivitäten anzuzeigen. Bitte wende dich an Rieke Breken, die wird dir weiterhelfen.«

Hinnerk Freese legte den Hörer auf. Er fand Corinna in der Küche. »Ich habe die Mousse au chocolat noch einmal in den Kühlschrank gestellt« sagte sie. »Vielleicht ist dir ja der Appetit vergangen nach dem langen Telefongespräch. Mach uns doch erst einmal einen Espresso und – wenn du möchtest – erzählst du mir, warum du auf einmal so besorgt aussiehst. Ich werde dir zuhören und dir keine Ratschläge geben, das verspreche ich dir. Mir ist klar, auch Ratschläge sind Schläge.«

23
LKA Hannover

»Hallo Luisa«, schön dass du noch mal bei uns vorbeischaust«, sagte Rieke Breken und schob der jüngeren Kollegin den Obduktionsbericht zu.

»Es ist zum Verrücktwerden!« Luisa Vieira überflog den Bericht. »Die männliche Leiche im Oldenburger Hafen ist eindeutig von Frau Erekan als ihr Sohn Youssef identifiziert worden. Die Einstichstelle einer Spritze lässt äußerliche Gewaltanwendung vermuten. Das Blut weist Diatomeen auf, wenn auch nicht viele. Auf jeden Fall war der junge Erekan nicht tot, als er mit dem Wasser in Berührung kam. Höchstens bewusstlos, vielleicht ist deswegen die Kieselalgenlast so gering.«

Rieke Breken nickte. »Das ist das Problem. Diese medizinischen Tests sind ja nie zu 100% sicher. Hätte man Würgemale oder blaue Flecken gefunden, dann wäre die Sache klarer. Aber nichts! Rien! Nada! Es ist zum Mäusemelken. Man kann nicht ausschließen, dass Youssef Erekan sich die Spritze selbst gesetzt hat. Das Autohaus stand kurz vor der Pleite. So etwas könnte einen jungen Familienvater in den Selbstmord treiben.«

»Dem hat Frau Erekan aber vehement widersprochen. Das Autohaus habe sich erholt, die Ehefrau wolle zurückkommen. Die Finanzlage habe sich überraschend gebessert«, sagte Luisa.

»Psychologisch gesehen ist die Argumentation von Frau Erekan klar. Welche Mutter könnte den Selbstmord ihres Sohnes verkraften? Sie käme ja um vor Schuldgefühlen. Aber über eine klinisch relevante Depression ihres Sohnes ist nichts bekannt. Ich bin ziemlich sicher, Youssef Erekan hat sich nicht umgebracht.« Rieke strich sich eine Haarsträhne aus dem Gesicht.

»Aber wir haben doch gründlich das ganze Umfeld beleuchtet. Haben alle Kontakte überprüft. Wir wissen über seine Reisen nach Marokko. Wir wissen, dass er die in Marokko überholten Edel-Karossen nach Deutschland gebracht hat. Aber wir konnten bisher nicht wirklich nachweisen, dass diese Autos illegal in Deutschland geblieben sind. Sie sind angeblich zurückgefahren worden.«

»Unwahrscheinlich! Ich vermute, da sind andere Player am Start. Dieser Freund Gerrit Mayerdierks, der ist auf jeden Fall nicht koscher. Vielleicht kriegt der Richter mehr aus ihm heraus. Bei uns blockt er, wahrscheinlich auf Anraten seines Anwalts.«

»Und was ist mit dem anderen sogenannten Freund? Diesem Finn Löschner?«, fragte Luisa.

»Der hat sich in seiner Zelle erhängt.«

»Was hat der?«

»Du hast richtig verstanden, Luisa. Am Zellenfenster aufgehängt! Gestern Nacht! Mit einem Bettlaken. Es bestünde kein Suizid-Verdacht, hatte der Gefängnispsychologe konstatiert. Nun hat die Presse wieder ein Thema. Man habe ihm den Hosengürtel nicht abgenommen, ehe man ihn in die Zelle schloss, spekulieren die einen. Das ist Quatsch. Er hat den Bettbezug zu einem Strick gedreht. Man kann niemanden vom Suizid abhalten. Es geht auch mit einer Plastiktüte. Oder im Knien, wenn man sich nach vorne beugt und etwa 15 Sekunden durchhält. Offensichtlich ist, dass niemand mit einer Selbsttötung gerechnet hat. Eher damit, dass sein Vater ein Heer von Anwälten schickt, das den Sohn innerhalb von Stunden aus dem Knast herausholen würde. Noch keine Nachrichten gehört?«

Luisa schaute bedrückt und auch ein wenig schuldbewusst.

»OK, du hast offensichtlich anderes im Kopf. Wann kommt die Besatzung der POLARSTERN morgen am Bremer Flughafen an?«

»Gegen neun Uhr«, sagte Luisa, froh über den Themenwechsel. »Wochen früher als das Schiff mit der Stammbesatzung.«

»Du musst kein schlechtes Gewissen haben, wenn du dir für morgen frei nimmst, Luisa! An Horrornachrichten muss man sich in unserem Beruf gewöhnen. Wenn sie dir zu nahe gehen, kannst du nicht mehr objektiv ermitteln. Du bist mit den Gedanken ganz woanders, das sehe ich doch. Nun hau ab, aber dalli, dalli!«

»Immer dieser Kommandoton«, flachste Luisa erleichtert und griff nach Uniformjacke und Mütze. »Ich habe bis heute Abend noch Dienst an Bord. Tammo Löschner wird im Stadthafen warten. Ich muss schnell losziehen.«

»Und morgen früh machst du dich schön für Jan. Er hat es verdient nach der langen Durststrecke. Sorry, das ist jetzt übergriffig.«

Luisa lachte. »Die Expedition war ein Erfolg. Die Forscher haben ein riesiges Fischbrutgebiet gefunden. Mehr als zehntausend Nester von Eisfischen. Wahrscheinlich wird mir Jan den ganzen Tag von Fischen und Unterwasserkameras erzählen.«

»Das glaube ich kaum«, sagte Rieke Breken. »Und vergiss bloß die blöde FFP2-Maske nicht, sonst lassen sie dich nicht ins Flughafengebäude!«

Luisa nickte und stürzte zur Tür, die Maske hektisch übers Gesicht fummelnd.

»Grüß Jan schön von mir!«, rief Rieke noch. Doch das bekam Luisa wohl nicht mehr mit. Rieke hörte sie die Treppe zum Erdgeschoss hinunterspringen.

Rieke lächelte, dann wurde ihr Gesicht ernst. Natürlich hatte Hinnerk Freese recht, sie musste sich dringend mit dem LKA in Verbindung setzen. Und das hieß, wieder ging kein Weg an Lars Dierksen vorbei. Wenn doch das blöde Herzklopfen nicht wäre. Sie ärgerte sich über sich selbst, goss sich ein Glas Mineralwasser ein und griff zum Telefonhörer. Wieso wusste sie ausgerechnet seine Dienstnummer auswendig. Soviel hatten sie in letzter Zeit doch gar nicht telefoniert. Und dass nur dienstlich.

Kriminalhauptkommissar Lars Dierksen nahm schon beim ersten Klingeln den Hörer ab.

»Dierksen«, sagte er knapp. »Landeskriminalamt Hannover.«

»Hallo Lars, hier ist Rieke. Ich muss dich dringend sprechen.«

»Hallo Rieke!« Seine Stimme war freundlich distanziert. »Ich vermute, es geht um die Löschner-Geschichte. Ich habe da auch schon weiterrecherchiert. Es ist noch relativ früh am Morgen, was hältst du davon, nach Hannover zu kommen. Da können wir besser reden als am Telefon. Ich denke, wir sind an einem Punkt, wo wir dringend das BKA zur Hilfe rufen müssen. Der Fall nimmt größere Ausmaße an, als wir am Anfang dachten.«

»Ich muss hier noch Schreibkram erledigen, bin aber spätestens am frühen Nachmittag bei euch«, sagte Rieke und legte auf.

Kaffee gurgelte in der Maschine, ein Teller mit belegten Brötchen stand auf dem Beistelltisch, als Rieke das LKA gegen halb drei erreichte.

»Du hast wahrscheinlich nichts zu Mittag gegessen.« Dierksen nahm ihr die Jacke ab und deutete auf einen Stuhl. »Setz dich, Rieke. Es freut mich, dich zu sehen.«

Er füllte zwei Becher mit dem frisch aufgebrühten Kaffee, schob ihr den Teller mit den Broten hin und setzte sich ihr gegenüber an seinen Schreibtisch. »Jetzt schnauf erst einmal durch und nimm einen Schluck Kaffee und ein Brötchen. So viel Zeit muss sein.«

»Danke, Lars. Du bist sehr fürsorglich«, sagte Rieke und meinte, was sie sagte. Lars lächelte.

»Ich würde an deiner Stelle die Maske abnehmen, das wäre praktischer.«

Rieke riss die Maske vom Gesicht. Sie kam sich blöd vor. Immer wenn dieser Lars Dierksen in der Nähe war, fühlte sie sich irgendwie verunsichert, vergaß Dinge, benahm sich wie eine Idiotin.

»Außerdem sehe ich dich gerne an«, sagte Lars.

Rieke wurde rot. »Ich bin dienstlich hier.«

»Das hast du neulich auch gesagt, Rieke. Aber was ist daran, Dienstliches mit Persönlichem zu verbinden? Denkst du, das schadet unserer Arbeit?«

»Seit du im LKA arbeitest, hast du nichts mehr von dir hören lassen, Lars.«

»Warum sollte ich? Du warst es doch, die es nach unseren Ermittlungen auf dem Schrottplatz bei Wardenburg abgelehnt hat, mit mir essen zu gehen. Ich will dir nicht auf die Nerven gehen, Rieke, glaub mir. Aber ich kann dich einfach nicht vergessen, auch wenn du die stacheligste und zickigste Frau bist, die ich kenne.«

»Wie viele Frauen kennst du denn?« Sie biss sich auf die Zunge. Da war es wieder, dieses Gefühl der Unsicherheit, dieses Misstrauen gegenüber Männern, diese diffuse Angst, ja, vor was eigentlich?

Lars Dierksen zuckte mit den Schultern. Was war bloß mit dieser Frau los? Er schwieg einen Moment, sagte: »Also, dann zum Dienstlichen. Deswegen bist du ja hier, nicht wahr?«

War Rieke enttäuscht? Schnell sagte sie: »Verzeih mir Lars. Ich habe dir das schon einmal erklärt. Ich habe Angst vor engen Beziehungen. Ich will nicht verletzt werden. Nicht noch einmal.«

»Ich habe dich nie verletzt, Rieke. Du bist es, die mich immer wieder zurückgestoßen hat, das musst du zugeben. Was soll ich denn noch tun, damit du mir glaubst, dass ich es ernst meine mit dir?«

Rieke presste die Lippen zusammen und dann öffnete sie den Mund und hörte sich zu ihrem Erstaunen sagen: »Lass uns zur Sache kommen. Und wenn wir fertig sind, lade ich dich in ein Restaurant am Maschsee ein, das ich von früher kenne. Ich weiß, ich bin dran.«

Lars Dierksen war verblüfft. Er nickte stumm. Sie sah an seinen Augen, wie er sich freute. Konnte sich aber wieder nicht stoppen.

»Oder hast du eine Verabredung?«

Diesmal stand Lars Dierksen auf, ging um den Schreibtisch herum, nahm wortlos Riekes Gesicht in beide Hände und küsste sie voll auf den Mund.

»Ja, die habe ich. Und zwar mit dir!«

Der nächste Kuss dauerte länger und war durchaus beidseitig. Etwas atemlos ließen sie voneinander ab.

»Und jetzt zu unserem Fall«, sagte Dierksen und setzte sich wieder hinter seinen Schreibtisch. »Sonst werden wir bis heute Abend nicht fertig. Was ist mit Löschner senior? Habt ihr mehr über diese graue Eminenz herausgefunden?«

Rieke fuhr fahrig durch ihr dickes, braunes Haar. Sie musste sich konzentrieren und erzählte Lars, dass Tammo Löschner sich an Hinnerk Freese gewendet und angeboten hatte, Informationen über Löschners kriminelle Machenschaften zu liefern. Der Selbstmord von Finn Löschner habe ihn so mitgenommen, dass er nicht länger schweigen wolle. Hinnerk habe ihn dann gedrängt, sich an sie zu wenden.

»Womit er ganz recht hatte.«

»Und mir geradezu befohlen, dich anzurufen. Das Landeskriminalamt hat sicher mehr Informationen über organisierte Kriminalität als wir als kleine Polizeiinspektion. Ihr habt auch bessere Verbindungen zum BKA. Vielleicht ist Hermann

Löschners Name dort auch schon im Zusammenhang mit kriminellen Aktivitäten aufgetaucht.«

»Du denkst an ENCROCHAT?«, fragte Dierksen.

»Klar! Denn seit das Chat-Netzwerk von der niederländischen und französischen Polizei geknackt wurde und drei Monate unbemerkt abgehört werden konnte, wurden 100 Millionen Nachrichten der organisierten Kriminalität mitgeschnitten, und zwar in über 20 Städten. Vielleicht taucht irgendwo auch der Name LÖSCHNER auf.«

»Allein in Bremen und Bremerhaven sind 500 anonymisierte Namen aufgetaucht. Den meisten von ihnen konnten keine Klarnamen zugeordnet werden.«

»Vielleicht ist Löschner in diesem ganzen Clan-Unwesen auch nur ein kleines Licht. Hat er es überhaupt nötig, sich im großen Stil mit Kriminellen zu verbünden? Immerhin hat er hier an der Küste einen guten Ruf als ehrenwerter Geschäftsmann. Warum sollte er sich auf solche Mafiageschichten einlassen?« Rieke zog die Stirn in Falten, klemmte ein paar widerspenstige Haarsträhnen hinters Ohr.

»Weil die Gier der Menschen unermesslich ist«, sagte Dierksen. »Manche kriegen den Hals nie voll. Immerhin ist ENCROCHAT in Konkurs gegangen. Hinterließ uns allerdings riesige Listen mit Verdächtigen, gegen die ermittelt werden muss.«

»Der letzte Erfolg ist wohl das Honeypot-System der australischen Polizei. Ich habe nur nicht genau verstanden, wie das nun wirklich funktioniert. IT war noch nie mein Lieblingsthema, bin da ziemlich hinterwäldlerisch«, gab Rieke zu.

»Eine irre Geschichte!« Lars Dierksen redete sich warm. »Ein ehemaliger Drogenhändler hat an einem eigenen Modell namens ANON gearbeitet und es dem FBI angeboten. Die haben dann die verwendeten Telefone konfiguriert und alle Nachrichten sind auf dem FBI-Server gelandet.«

»Muss ich das jetzt alles verstehen?« Rieke versuchte mitzukommen.

»Nein, musst du nicht. Nur so viel. Die Zahl der ANON-Nutzer stieg schon Mitte 2021 auf über 90 000, alles Mitglieder krimineller Organisationen. Mittlerweile liegen dem FBI 20 Mill. ANON-Nachrichten vor, vor allem geht es um Drogengeschäfte.«

»Ich sehe schon, ich muss mich mehr mit der IT beschäftigen, ob ich will oder nicht. Aber gibt es bei der ganzen Überwachung kein rechtliches Problem?«, fragte Rieke. »Die deutschen Gerichte sind doch da eher pingelig, soweit ich informiert bin. Nach der Strafprozessordnung muss die Überwachung der Telekommunikation durch einen Richter genehmigt werden und darf nur gegen konkrete Personen oder bei Verdacht auf schwere Straftaten angewendet werden. Vielleicht dürfen unsere Gerichte die ANON-Protokolle gar nicht als Beweise verwenden.«

»Ist ja eigentlich auch richtig, Rieke, wenn man bedenkt, dass wir keinen Orwellschen Überwachungsstaat wollen. Aber es gibt ein brandaktuelles BGH-Urteil des 5. Strafsenats, der entschieden hat, dass die von der französischen Polizei gehackten Daten von ENCROCHAT vor deutschen Gerichten als Beweismittel zugelassen werden dürfen.«

»Bin nur gespannt, ob der sonst so vorsichtige Löschner sich auf diese verschlüsselte Kommunikation eingelassen hat. Das BKA müsste uns weiterhelfen können. Ich werde eine Suchanfrage losschicken. Vielleicht haben wir bis morgen Vormittag eine Antwort, ob Löschners Name irgendwo in einem Chat auftaucht.

Aber jetzt lüften wir unsere Gehirne erst einmal aus und machen einen Spaziergang am Maschsee«, sagte Dierksen. »Auf zum See, wir drehen eine Runde und gehen dann ins Restaurant. Wenn dein Angebot noch steht.«

Rieke nickte, beide standen auf, nahmen ihre Jacken vom Haken und verließen das Büro. Lars legte den Arm um Riekes Schulter und zu seiner Verwunderung ließ sie es geschehen.

24
Airport Bremen

Es war noch Zeit bis zum Landeanflug der Lufthansa-Maschine. Luisa – frisch geschminkt und in einem viel zu dünnen Frühlingskleid und um den Hals das Inuit-Perlenhalsband, das ihr Jan von seiner Expedition zum Nordpol mitgebracht hatte – suchte sie sich einen Bistrotisch in der ersten Reihe. Sie wollte die Ankunftstafel und das Gate im Auge behalten, zog sich ein wärmendes feuerwehrrotes Mohairtuch über die Schultern, schnupperte am Latte Macchiato und biss herzhaft in das Schokoladencroissant. Aus ihrer voluminösen Tasche fischte sie aus dem Durcheinander von Taschentüchern, Lippenstift, Spiegel, Bürste, Portemonnaie und Eukalyptus-Bonbons ihr Handy heraus und checkte die letzte WhatsApp, als plötzlich eine wohlbekannte Stimme sagte:

»Hallo, Luisa, wie schön, Sie zu sehen.«

Luisa schaute auf. Vor ihr stand ein alter Bekannter: der Fischer Knudsen mit der kleinen Enkelin Meta an der Hand, dahinter seine indonesische Schwiegertochter Kaya, Sie hatten sich lange nicht gesehen. Luisa sprang auf, wollte Knudsen um den Hals fallen, stoppte im letzten Moment. Sie berührten sich kurz mit den Ellbogen. Auch so eine Corona-Unsitte.

»Was macht ihr denn hier?« Luisa strich der kleinen Meta über die Haare. »Stimmt ja, Söhnke war ja auch an Bord der POLARSTERN. Daran habe ich im Moment gar nicht gedacht. War er es auch, der darauf gedrungen hat, die Entdeckung der Brutstätten von den Nestern der Eisfischen erst einmal geheim zu halten, um durchzusetzen, dass das Weddellmeer als Meeresschutzgebiet ausgezeichnet wird?«

»Na klar«, sagte Kaya, »als ehemaliger Seashepherd hat Söhnke ja reichlich Erfahrung mit Fisch-Piraterie. Man hat wohl auf seine Warnungen gehört.«

»Setzt euch doch«, sagte Luisa, stand auf und holte drei weiße Stühle heran, gefolgt von Meta, die auch einen Stuhl schieben wollte.

»Wir sind etwas spät dran«, sagte Knudsen. »Hast du die Nachricht im Radio gehört? Hermann Löschner ist am frühen Morgen festgenommen worden und sitzt in Untersuchungshaft. Sein Sohn Finn hat in der Nacht davor in seiner Zelle Selbstmord begangen.«

»Ob es da einen Zusammenhang gibt?«, überlegte Luisa laut. »Ich traue Hermann Löschner ja einige Gemeinheiten zu, aber dass er seinen Sohn umbringen lässt, das kann ich mir nicht vorstellen.«

»Ich habe mir schon lange gewünscht, dass sie den alten Löschner endlich festnehmen«, brummte Knudsen. »Mir immer gewünscht, dass den mal einer anzeigt. Der hat uns mit seiner Fischpiraterie nicht nur in wirtschaftliche Schwierigkeiten gebracht, er hat auch unseren Ruf als ehrliche, gesetzestreue Fischer in Verruf gebracht.«

»Ich will ein Eis«, sagte Meta und zupfte an Luisas Kleid.

»Aber sicher, meine Kleine«, sagte Luisa. »Wenn deine Mama es erlaubt, darfst du dir deine Lieblingssorte aussuchen. Und was wollt ihr? Kaffee? Tee? Kuchen? Wir haben noch eine halbe Stunde Zeit bis zum Landeanflug der Maschine.«

Mit Meta an der Hand ging Luisa zum Tresen und bestellte Schokoladeneis, Milchkaffee, Apfelstrudel und eine große Flasche Wasser. Knudsen stand auf und half ihr, das schwere Tablett zum Tisch zu tragen.

»Ihr glaubt nicht, wie glücklich ich bin, euch zu sehen«, sagte Luisa. »Ich wette, Söhnke und Jan werden über unser Empfangskomitee begeistert sein.«

Meta hatte es sich auf Luisas Schoß bequem gemacht und löffelte ihr Schokoladeneis. Ihr Gesicht war schon ganz verschmiert, und auch Luisas Kleid zeigte deutliche Flecken.

»Meta, komm her. Du hast Luisas Kleid ganz schmutzig gemacht.«

Meta kuschelte sich an Luisa. »Will bei Luisa bleiben«, sagte sie.

»Lass sie, Kaya«, sagte Luisa und knuddelte Meta, die vor Vergnügen quietschte. »Kleider kann man waschen.«

»Und – wie geht es euch so?«, fragte Luisa und sah in die vertrauten Gesichter am Tisch.

»Gut, Luisa. Wirklich gut.« Kaya knöpfte den Mantel zu. Als Indonesierin an warme Temperaturen gewöhnt, fror sie leicht in diesem norddeutschen Nieselregen, der auch im Frühling oft nicht abzustellen war. »Aber weißt du, ich habe wieder einen kleinen Backofen bei mir.« Sie strich mit der linken Hand zart über ihren gewölbten Bauch. »Meta bekommt ein Brüderchen oder ein Schwesterchen«, sagte sie zu dem Kind.

»Will ein Schwesterchen«, sagte Meta. »Jungs sind doof. Die ärgern uns immer. In der Kita.«

»Aber du bist die große Schwester«, sagte Luisa. »Auf dich wird er hören. Denn du bist viel größer und stärker.«

Meta nickte wissend. »Und wenn er nicht tut, was ich sage, haue ich ihn.«

Resigniert sagte Kaya: »Ich hoffe, es wird ein Mädchen.«

Sie wurden unterbrochen. Der Lautsprecher kündigte den Landeanflug der Lufthansa-Maschine aus Frankfurt an, die die ersten Forscher von der Antarktis-Expedition zurückbrachte, ehe die POLARSTERN die weite Fahrt bis Bremerhaven zurücklegen konnte.

Sie eilten zur Absperrung am Gate. »Abstand halten«, dröhnte es aus den Lautsprechern. »Halten Sie Abstand!«

Wie sollten Familien Abstand halten, deren Angehörige – Väter und Mütter, Söhne und Töchter – sich so lange nicht gesehen hatten? Einige Leute wichen ein paar Schritte zurück, winkten hektisch, wenn der langerwartete Vater, die herbeigesehnte Tochter durch die sich öffnende gläserne Schiebetür trat.

Jan kam und kam nicht. Luisa trippelte aufgeregt von einem Fuß auf den andern. War er nicht mitgekommen? Doch, war er. Nur sein Gepäck nicht. Er hatte gewartet und gewartet. Das Band lief immer wieder an ihm vorbei, schließlich vollkommen leer. Dann wurde es abgestellt. Missmutig hatte er schließlich aufgegeben. Doch dann sah er Luisa und er merkte, wie irrelevant sein Gepäck war. Wie nebensächlich. Luisa erwartete ihn mit offenen Armen und ihrem einem Lächeln.

»Schade, dass deine Mutter nicht da ist«, sagte Luisa zu Jan, als sie zusammen mit Söhnke, Knudsen, Kaya und Meta ins Flughafenrestaurant schlenderten.

Jan lachte. »Du wirst es nicht glauben, meine Mutter hat sich emanzipiert. Von mir emanzipiert! Sie macht gerade mit ihrem neuen Lebenspartner Piet eine Tour quer durch Afrika. Die letzte Nachricht kam von einer Lodge im Serengeti-Park. Sie habe ein schlechtes Gewissen, dass sie nicht zu meiner Begrüßung auf dem Flughafen sein könne, hat sie geschrieben. Aber ich habe sie beruhigt. Soll sie doch den Urlaub genießen. Wir können uns doch hinterher sehen. Spätestens bei der Hochzeitsfeier.«

Er drückte Luisa an sich. »Hast du dir schon überlegt, wo wir heiraten wollen?«

Luisa küsste ihn auf die Wange. »Das ist doch wohl klar, mi amor! In Conil, in der weißen Altstadt-Kirche. Traditionell bestimmt bei uns die Braut, wo sie ihr Ja-Wort geben will. Das ist doch für uns Frauen die letzte Gelegenheit, dass wir überhaupt etwas zu sagen haben.«

Jan wollte protestieren, aber dann sah er den Schalk in ihren Augen.

»Jawohl, Madame. Ich führe Eure Hoheit zu jedem Altar, den Eure Hoheit wünschen. Aber danach ...«

Luisa klatschte in die Hände: »Ehe ich es vergesse, vorher musst du noch meinen Papa um meine Hand bitten, Liebster! Auf Spanisch natürlich.«

»Ich kann kein Spanisch«, wagte Jan einzuwerfen.

»Das macht nichts! Ich habe dich schon zu einem Sprachkurs in Conil angemeldet. Da schlagen wir gleich zwei Fliegen mit einer Klappe.«

»O je, das fängt ja gut an! Darf ich auch etwas dazu sagen?«

»Nein«, sagte Luisa und lachte. »Zumindest jetzt nicht.«

Dank

Ich möchte mich an dieser Stelle bei all den Menschen bedanken, die mir bei der Recherche zu diesem Kriminalroman geholfen haben.

Die Idee zu diesem Buch hatte ich, als ich in der WAZ einen Bericht über den Fahndungserfolg des Essener Zollfahndungsamtes las, dessen Beamten es gelungen war, eine Bande von Kriminellen festzunehmen, die im großen Stil Luxuslimousinen aus Nordafrika nach Europa einschmuggelten. Vielen Dank, Herr Seipenbusch, dass Sie sich die Zeit genommen haben, mich über die Hintergründe der illegalen Einfuhr von Autos aus Nordafrika zu informieren und mir solch schwierige Begriffe wie „Einfuhrumsatzsteuer“ und „Einfuhrzoll“ zu erklären.

Ich danke auch Siggi Holschen, dass sie mir Informationen zum Polizeirecht geben konnte und die Frage beantwortete, ab welchem Fehlverhalten ein Polizeibeamter seine Pension verliert.

Herrn Beilfuss bin ich dankbar, dass er – als Insider – mich über die Schwierigkeiten aufgeklärt hat, die ein Auto-Vertragshändler heutzutage zu bewältigen hat.

Last not least danke ich meiner Freundin Edeltraut und meiner Schwester Heike, die immer wieder akribisch und

Annegret Achner

ist in Essen geboren. Sie hat in Bochum, Tübingen und St. Andrews Anglistik und Germanistik studiert. Anschließend unterrichtete sie an einem Oberstufenzentrum in Bremen Englisch, Deutsch und Darstellendes Spiel. Seit 2010 schreibt sie Erzählungen und Kurzgeschichten, die bei Wettbewerben mehr prämiert und in Anthologien veröffentlicht wurden. Für ihren ersten Friesland-Krimi erhielt sie das Bremer Autorenstipendium 2019.

Mehr unter: www.annegret-achner.de

Annegret Achner
Beifang Blaue Balje

»Schiet, das sieht komisch aus. Angefressen«, sagt Krabbenfischer Enno und kneift die Augen zusammen. »Ein verirrter Schweinswal. Von Robben angeknabbert.« Enno irrt sich.

Ein Krimi über Fischpiraterie, Geldwäsche und Korruption